ВОЙНА НЕВИННЫХ

Саша Мессер

Война невинных
Саша Мессер © 2016
Все права защищены.

Это произведение художественной литературы. Все персонажи, названия событий, организаций и диалоги в этом романе являются либо продуктами фантазии автора, либо используются фиктивно.

Из-за динамичного характера Интернета любые адреса веб-сайтов или ссылки, содержащиеся в этой книге, возможно, были изменены с момента опубликования и могут быть недействительными.

ISBN-10: 0-9985375-0-0
ISBN-13: 978-0-9985375-0-4

«Наконец, братия мои, укрепляйтесь Господом и могуществом силы Его. Облекитесь во всеоружие Его, чтобы вам можно было стать против козней диавольских. Потому что наша брань не против плоти и крови, но против начальств, против властей, против мироправителей тьмы века сего, против духов злобы поднебесных»

(К Ефесянам 6:10-12)

Содержание

Глава 1
Встреча у "Трех братьев"

———————————————+———————————————

В Багдаде каждый день похож на предыдущий: жарко, как в пекле, особенно летом, повсюду шум, грязь и толпы народа. Руины, оставшиеся после американских бомбежек, проводившихся много лет назад, так никуда и не делись. Здесь часто можно увидеть детей, играющих среди развалин и хлама, вместо того чтобы быть на уроках, ведь их школы уже давно сравняли с землей. Большинство граждан Ирака молились и с нетерпением ждали наступления мира, но грохот взрывов где-то вдалеке и короткие автоматные очереди снова напоминали о призрачности их надежд.

Хотя шииты, пребывавшие в, казалось бы, нескончаемом конфликте с суннитами, начавшемся еще в седьмом веке, после смерти обожаемого и почитаемого представителями каждого из этих двух религиозных течений Пророка Мухаммеда, составляли большую часть населения Ирака, во время деспотического правления суннита Саддама Хусейна они испытали множество жестких притеснений. Но теперь, когда Саддам был свергнут, угнетенные шииты жаждали расплаты. У обеих сторон было достаточно вооружений и необузданной ненависти, и, как подтверждает опыт столетий, междоусобный конфликт должен был перейти в настоящую гражданскую войну – это было лишь делом времени.

Где бы ты ни находился в Багдаде, всегда нужно знать местность, чтобы понять, как быстро и безопасно добраться из пункта А в пункта Б. Небольшая группа, состоящая из иракца и двух американцев, продвигалась друг за другом по оживленной улице. Опыт подсказывал им, что это был более надежный и практичный путь до конечной цели. У них не было ни малейшего желания опоздать на встречу с иракскими подрядчиками или же стать свидетелями и жертвами чьего-либо самоубийства во имя Аллаха.

Первым в этой небольшой группе шел американец Майкл Беккер. Для особо близких друзей он был просто Майки, хотя таких друзей в Багдаде можно было пересчитать на пальцах одной руки. Со знанием дела и спокойной уверенностью Беккер шел впереди, прокладывая путь для этой маленькой группы людей. Беккер раньше был военным, но потом страна решила, что нашла лучшее применение его талантам.

Беккер был здоровяком с неопрятными темными волосами, которые не поддавались никакой укладке. У него были постоянно бегающие светло-голубые глаза, он редко моргал и ничего не упускал из виду. Из-под рубашки с короткими рукавами виднелись впечатляющие мышцы – результат каждодневных двухсот отжиманий. Сейчас на нем не было формы, но это не означало, что он не был мишенью. И, несмотря на бороду, которую он отрастил, чтобы не выделяться в толпе иракцев, все равно в этой стране американцев узнать было очень легко, особенно таких громил, которые явно имели военную выправку. И все же для проталкивания через толпу, создающую заторы на проходах, его сильные руки были очень даже кстати.

Прямо за Беккером шел иракец, о котором он знал только то, что его зовут Абдул. Как и у большинства из его соотечественников, у Абдула были темные курчавые волосы и тонюсенькие подвернутые усы, овивающие рот, в котором красовался не один порченый зуб. Обычно Беккер не разрешал, чтобы чужак шел позади него и так близко, но его сотрудник отрекомендовал Абдула как «доверенное лицо». «Каждый из них – «доверенное лицо», – подумал Беккер, – до того момента, пока я не дам повода перестать доверять ему, а к тому времени уже будет слишком поздно».

Уолтер Грант, второй американец, замыкающий шествие, на самом деле был тем, за кого выдавал себя Беккер, – гражданским подрядчиком, работающим над проектами для Соединенных Штатов. Беккер постоянно настаивал на том, чтобы Грант скрывал свое румяное лицо и белые волосы под куфи – традиционным вязанным головным убором, который многие иракцы носят круглый год. Поначалу Грант жаловался, что ему в нем слишком жарко.

– Хочешь проветриться? – спрашивал ехидно Беккер. – Давай, разгуливай со своими белыми волосами, как белая ворона, чтобы снайпер с соседней крыши всадил тебе пулю в твою горячую башку. Это быстро провентилирует твою голову изнутри.

Беккер посмотрел на часы. Встреча с иракскими подрядчиками была запланирована на половину перзого в кафе «Три Брата» на улице Абу Навас, что недалеко от реки. Когда-то этот район был переполнен любителями прогулок – там находились лучшие рестораны Багдада. Но, как и все остальные районы, Абу Навас и близлежащие окрестности значительно пострадали от боевых действий. Группа проходила вдоль улицы Тигрис сквозь еще одно скопление людей у одной из прошлых достопримечательностей – бывшего магазина украшений, который пытался возобновить свою деятельность.

Хотя большую часть дел можно было решать через электронную почту или Skype, местные всегда настаивали на личных встречах. Беккеру не понадобилось много времени, чтобы понять, почему они так делают. Ведь сегодня почти все можно делать онлайн, кроме, конечно, как давать взятки, что иракские подрядчики называли «оплатой за сервис».

«Когда же эти жадные подонки уже начнут использовать PayPal? Я смог бы уже забыть о таких встречах и обедать в зеленой зоне каждый день – наслаждаться чизбургерами, а не бегать, как верблюд, по пустыне».

Без единой эмоции на, казалось бы, равнодушном лице Беккер уверенно шагал по дороге, параллельной реке, намереваясь быть на встрече ранее запланированного времени. В душе Майкла кипели и ярость, и злость, и все оттого, что он не понимал, черт возьми, что он забыл здесь? Ему хотелось вцепиться в лица прохожих, кулаками сносить стены на своем пути, громко и безумно кричать в надежде получить ответ на насущный и повторяющийся вопрос в его голове: в чем смысл этой войны?

Во время первой иракской кампании Майкл проходил службу, как говорится, «салагой». Ему и его сослуживцам понравилось то, насколько быстро они победили иракскую армию. А кому не понравилась бы молниеносная победа? Но оружия массового уничтожения в Ираке не оказалось – внезапно, как Канзасский смерч, наступило смертельное противостояние, образованное в вакууме разорванного централизованного режима Саддама Хусейна. Начался настоящий ад: две основные исламистские группы столкнулись в междоусобной войне. И снова Ирак стал полем боя.

Беккер после многих лет службы уже не был новичком в военном деле, хотя и опытным спецназовцем его нельзя было назвать. Но предыдущие кампании научили его определять опасности и держаться от них подальше. Теперь Майкл стал понимать, что он практически один находится в самом эпицентре войны в Ираке. Руководство попросило (потребовало?) еще два дополнительных года службы, но и по прошествии этих двух лет Беккер серьезно задумался о том, будет ли у этой войны счастливый конец. «Победят шииты или все же сунниты? Или наоборот? Или же все станут атеистами? Или же западная идеология возьмет верх, и Соединенные Штаты построят первый Макдоналдс на главной улице Багдада, а бейсбол станет национальным видом спорта вместо европейского футбола?» Майклу хотелось найти какой-то смысл и оправдание всему этому, попытаться хоть как-нибудь визуализировать победу. Также ему хотелось быть уверенным в том, что в случае его гибели все усилия и сама его жизнь не будут бессмысленными.

Его последующая «ходка» в Ирак была уже при новом президенте, со всеми обновленными мечтами и надеждами. Однако солдаты неизменно надеялись и желали убраться к чертям подальше из Ирака, лучше живыми и невредимыми, и как можно быстрее. Наконец, Конгресс и президент дали отмашку возвращаться на родину, но коснулось это далеко не всех. В этот момент Беккер временно был переведен в бригаду разведки, одно из подразделений армии, которое подчиняется ЦРУ. Согласно уставу, Майкл больше не носил форму и считался гражданским лицом. ЦРУ расследовало информацию по мошенническим операциям среди гражданских подрядчиков. Если быть более конкретным, то ЦРУ обладало информацией, согласно которой часть выдаваемых средств уходили к Аль-Каиде и часть -- к ИГИЛ. Этот новый вид службы был сопряжен с огромной бумажной работой, которую Майкл в особенности ненавидел. Он скучал по боевым действиям, пеклу, адреналину, вырабатывающемуся во время стрельбы, и по товарищеским отношениям собратьев по «зеленым беретам». А постоянные бумажные доклады начальству были до боли мучительным делом, и, казалось, это было хуже пыток.

На долю секунды Беккер закрыл глаза, будто перезагружая свой мозг, выплюнул безвкусную жвачку и приказал себе сосредоточиться на двух подрядчиках и на поставленной задаче.

Они подошли к кафе за пятнадцать минут до назначенной встречи. Важно было всегда приходить заранее – это правило позволяло Майклу иметь больше времени на осмотр территории и оценку общей обстановки на наличие подозрительных объектов. Мужчины, одетые в тауб, например, идущие рядом друг с другом и держащие руки за спиной, – это нормально. Двое мужчин, сидящих на улице напротив кафе, также одетых в тауб, из-под которого выглядывали золотые цепочки, было не совсем нормальным, но недостаточным для каких-то выводов. Его боевая подготовка позволяла ему быстро оценить ситуацию, отмечая для себя такие вещи, как погодные условия, порядок движения транспорта, движение пешеходов, наличие в заведении хотя бы одного, а лучше двух запасных выходов.

Беккер уже бывал в заведении «Три Брата» и, толкая тяжелую деревянную дверь, знал, чего тут можно ожидать. Внутри было около двадцати столов, за которыми обычно сидели местные и иногда европейцы, каждый из которых старался говорить громче остальных, чтобы быть услышанным. Но даже еще не полностью открыв дверь, Беккер понял: что-то было не в порядке.

Кроме двоих мужчин в европейской одежде, которые сидели в углу зала спиной к двери, в кафе «Три Брата» никого не было. Оба они курили, а один из них играючи поклацывал зажигалкой. « Zippo», – отметил про себя Беккер.

Майкл сразу же шагнул в сторону, так чтобы не светиться в дверном проеме и чтобы его глаза могли приспособиться к тусклому свету помещения после яркого солнца. Грант и Абдул прошли внутрь за ним.

– Что, черт возьми, это такое, Абдул? – тихо спросил Беккер. – Управление здравоохранения, наконец-то проверило кухню?

– Я не понимаю, простите, – казалось, что отсутствие какой-либо активности нисколько не удивляло Абдула, что еще больше насторожило Беккера.

Грант повернулся к Абдулу:

– Беккер хочет сказать, что обычно в это время дня здесь куча людей, а сейчас – никого, – сказал он. – Поэтому он и спрашивает: что происходит и где люди? И мне это тоже интересно знать.

Иракец пожал плечами.

– Я слышал, что здесь неподалеку открыли новый ресторан. Кто знает, может, там еда лучше? По крайней мере, здесь впервые стало тихо.

– Да, – сказал Беккер. – Чересчур тихо, – он кивнул на столик в углу. – Это не те, с кем мы должны встретиться?

– Нет, это не они.

– Тогда где они?

– Просто мы пришли немного раньше, – сказал Абдул. – Они, даст Бог, скоро будут здесь.

– Да, будем надеяться, что Он даст, – сказал Беккер.

– Раз уж мы ждем, – промолвил Грант. – Я схожу...

– Да, давай, – ответил Беккер. Он знал об ограниченных возможностях мочевого пузыря Гранта. – Только сильно не задерживайся, ладно?

– Я посмотрю, нет ли их на кухне? – предложил Абдул. – Заодно, я мог бы заказать нам кофе.

– Отличная идея, – одобрил Беккер.

Абдул и Грант развернулись и, обмениваясь короткими фразами, направились к плохо освещенному коридору, который вел к уборным и распахнутым дверям кухни.

Отходя от двери, Майкл краем глаза увидел, что двое европейцев поднялись из-за стола. Кроме зажигалки, было в них еще что-то такое, что напоминало близость к дому. Беккер хотел еще раз взглянуть на них в надежде рассмотреть их лица, но к тому времени, когда он сел за стол, откуда был полный обзор всего заведения, европейцы, захлопнув за собой дверь, вышли на улицу.

Если не прикрывать кобуру верхней одеждой, это привлекает лишнее внимание, но и ходить в такую жару в верхней одежде была не самой удачной идеей для маскировки. Поэтому Беккер прятал свой пистолет Kimber Compact II в боковом кармане легких серых штанов. Когда Грант пошел в уборную, Абдул проскользнул на кухню, и оттуда сразу же стал доноситься его недовольный голос. Беккер почувствовал, что назревает некая развязка, он потихоньку сунул руку в карман штанов, нащупал рукоятку пистолета и сжал ее сильными пальцами.

Вдруг Беккер услышал из кухни звук выстрела, а за ним последовал истошный крик женщины. Он резко вскочил со стула и прислонился спиной к ближайшей стене. Несмотря на громкое биение сердца, выскакивающего из груди, и пот, выступавший из-под взъерошенных волос, Беккер заставил себя сохранять спокойствие и сразу же сконцентрировался на нескольких факторах: европейцы исчезли, зал пуст, прямого доступа к окнам или открытым дверям нет. Ему не угрожало попасть под пули неизвестного стрелка, и он быстро и бесшумно стал передвигаться вдоль стены, украдкой заглянул в коридор, ведущий в уборные и на кухню. Продолжая медленно двигаться, прижавшись к стене и, добравшись до уборных, он прислушался. «Куда делся Грант?», – не понимал Беккер. Он толкнул двери мужского туалета и охнул, увидев тело своего коллеги в луже крови. Беккер наклонился, перевернул Гранта и понял, что бедняге перерезали горло, – проверять пульс не было никакого смысла.

Сжав зубы, Майкл вышел из туалета и заглянул в кухню через окошко. Там он увидел Абдула, который пытался пробраться в дальнюю часть помещения. Майкл толкнул дверь и закричал:

– Абдул! Замри! Стой на месте или я выстрелю! Подними руки вверх, чтобы я их видел!

Майкл окинул взглядом кухню: повар, или кто бы это ни был, лежал на полу с простреленной головой. Женщины, которая кричала ранее, нигде не было видно. Майкл посмотрел на Абдула, стоявшего с поднятыми над головой руками и державшего небольшой пистолет в левой руке. Абдул, медленно повернувшись – на его лице играла улыбка, которая была больше похожа на ехидную ухмылку, – сказал:

– Мой дорогой друг, мистер Грант хотел чурек с кофе, и я всего лишь пытался убедить повара, чтобы он нам это приготовил.

Вдруг на противоположной стороне кухни раздался звон металлических предметов – это был кот, с грохотом пробиравшийся к небольшому отверстию в стене. В ту секунду, когда Беккер повернул голову в сторону кота, Абдул успел пригнуться за раскладной столик и выстрелить в Беккера.

Пуля попала Беккеру в правое плечо – он уронил свой пистолет. Злясь на себя за то, что потерял самоконтроль, он повалился на пол позади кухонной тумбы, поднял свой пистолет левой рукой и начал стрелять наугад. Пули, летящие в Беккера, указывали на то, что Абдул был здесь и намеревался закончить кампанию Майкла в Ираке прямо сейчас, на кухне забегаловки «Три Брата».

Вдруг стрельба прекратилась.

Майкл, осмотревшись, взял широкий нож, лежащий на кухонной тумбе и, используя его как зеркало, увидел, что Абдул совершал перебежку к запасному выходу. И тут в самый неподходящий момент Майкл почувствовал слабость от потери крови. Он попытался немного расслабиться и успокоить дыхание, чтобы набраться сил, прежде чем начать преследование предателя.

Беккер огляделся в поисках предмета, чтобы опереться на него и встать. И тут он заметил красный свет под металлическим столом и немного наклонился, чтобы лучше рассмотреть его. Мигающие красные вспышки исходили от светодиодного индикатора, который быстро отсчитывал время в обратном порядке. Понимая, что у его ног прикреплена к кухонной тумбе бомба и что у него есть всего двенадцать секунд до того, как этот ресторан будет стерт с лица Земли, он собрал все свои силы, встал и, пошатываясь, начал продвигаться к двери. Потеря крови означала недостаток кислорода, недостаток кислорода означал слабость и головокружение. Но все же Беккер должен был бороться, должен был сконцентрировать свои расплывчатые мысли на том, чему его учили на военной подготовке. «Черт возьми! Борись, сукин ты сын, борись!».

Собрав всю свою волю в кулак, Майкл заставил себя бежать, и пробившись через передние двери, он повалился на тротуар.

Прогремел оглушающий взрыв. Волна пронеслась через фасад заведения, превращая все вокруг в обломки и куски стекла. Прохожих, идущих по обочине, отбросило на другую сторону дороги. Машины, велосипеды и скутеры раскрутились и начали врезаться друг в друга, после чего пыль, бумага и куски одежды попадали на землю.

Это был хаос. Женщины искали укрытие, дети плакали, а мужчины метались возле обочины. У Беккера звенело в ушах. Ему казалось, что его тело и кости были раздроблены молотком. Ранение в правое плечо лишало его всякой возможности привстать или хотя бы перевернуться на бок. Шум в ушах усиливался, все вокруг перед Беккером закачалось и резко потемнело. Он провалился в бездну.

Глава 2
В больнице

Майкл открыл глаза и увидел, что над ним стоит доктор. Вид у доктора был весьма озабоченный и в то же время удивленный, оттого что его пациент вдруг очнулся. На правой руке у Майкла была тонкая гипсовая повязка, голова обернута марлей, а правая нога забинтована от щиколотки до колена.

— Мистер Беккер, очень любезно с вашей стороны, что вы восстали из мертвых, — язвительно сказал доктор, подходя ближе к Майклу и захватив с собой медицинскую карту, которая висела на изножье кровати.

— Вы просто счастливчик, мистер Беккер, — продолжил он, — но, поскольку вы уже вернулись в мир живых, я хотел бы поинтересоваться вашим самочувствием. Кстати, меня зовут доктор Исмаэль. Я буду вашим лечащим врачом, пока вы находитесь в этой больнице.

Доктор Исмаэль был небольшого роста и выглядел постоянно чем-то озабоченным. На вид ему было лет сорок судя по морщинам, разъевшим его лицо, на котором играла фальшивая улыбка, больше походившая на ухмылку. На нем был белый халат, подчеркивающий смуглость его кожи и черноту волос.

– Думаю, что если бы вы не накачали меня лекарствами под самую завязку, то я бы чувствовал себя намного лучше, – сказал Майкл и посмотрел на доктора, который отрицательно качал головой.

– Мистер Беккер, вам не кололи никаких седативных лекарств – вы находились в коме...

– В коме? И как долго я в ней был? – требовательно спросил Майкл.

– С того дня, как вас сюда привезла скорая, прошла уже неделя, – равнодушно ответил доктор Исмаэль, едва заметно пожимая плечами.

Все еще ощущая непонятное головокружение, Беккер спросил низкорослого человека уже более настойчиво:

– Доктор, что со мной произошло?

– Мистер, Беккер, – ответил доктор Исмаэль, – вы пострадали от очень мощного взрыва. К сожалению, это не первая и не последняя бомба, взорвавшаяся в моей многострадальной стране.

Его голос медленно затих.

Майкла удивило, что поведение доктора так внезапно изменилось -– он стал более отчужденным.

– Пострадал ли от взрыва еще кто-то? – спросил он, надеясь, что доктор Исмаэль сообщит о гибели Абдула.

Врач приложил к груди Майкла стетоскоп и слушал его дыхание с печальным и одновременно напряженным выражением лица.

Беккер терпеливо ждал, пока тот закончит, и затем снова спросил:

– Пострадал ли еще кто-то во время взрыва?

– Мистер Беккер, меня удивляет то, что вы помните происшествие, но ничего о нем не помните, – ответил доктор, снова покачивая головой. – Сотрудники службы безопасности извлекли из-под руин, которые остались на месте ресторана, около дюжины трупов женщин и детей. Морг находится здесь несколькими этажами ниже, и он был переполнен трупами и оторванными конечностями – мы их уже похоронили. Мистер Беккер, вы единственный, кому удалось выжить. Благодарите своего Бога за то, что он был так к вам благосклонен. Но он, вероятно, желает, чтобы вы искупили свои грехи, еще находясь здесь – в мире земном.

Майкл пристально взглянул в лицо доктору. Ответа у него не нашлось – не может же он чувствовать себя виноватым в том, чего не помнит. Разве не он единственный выживший человек из тех, кто находился в ресторане в момент взрыва? Так откуда же взялись остальные тела, и почему этот доктор пытается повесить ответственность за это кровопролитие на него?

– Приходил ли кто-то меня навестить?

– Да, мистер Беккер. Приходил человек, одетый в деловой костюм, – он показал мне удостоверение, выданное посольством США. Но только я решаю, кто и когда может вас навещать и как долго здесь можно находиться. Я не допустил сюда ни представителей власти, ни ваше начальство, ни даже полицейских – запретил им приходить и, конечно же, пытаться вас допрашивать. Я единственный, кто имеет к вам доступ. Доктор глубоко вздохнул и продолжил:

– Может показаться удивительным, зачем мне эти хлопоты? Но мне не об этом надо думать – я в первую очередь должен заниматься лечением!

Беккер ясно понимал, что доктор уже начал выходить из себя, но все никак не мог взять в толк, откуда возникла эта конфликтная ситуация. Голова просто раскалывалась, а он все пытался найти связь между взрывом, которого он не помнил, и острой болью. У Майкла возник внезапный порыв выяснить, откуда в пустой закусочной взялись трупы.

– Спасибо, доктор, вы хорошо справляетесь со своими обязанностями. Только, пожалуйста, в следующий раз пустите ко мне мужчину в костюме. И еще, не найдете ли вы для меня мобильник, чтобы я мог сделать пару звонков? – Майкл скривился от боли, когда доктор попытался его передвинуть.

– Проклятие... Черт... Мой череп. Такое чувство, что он превратилась в барабан, по которому без перерыва лупит пятилетний ребенок.

– Это не удивительно, ведь у вас серьезная травма головы. В какой-то мере кома помогла вам избежать сотрясения мозга. – Доктор Исмаэль ненадолго умолк, а затем сказал: –- Посмотрим, смогу ли я достать вам мобильный телефон.

Теперь на лице доктора появилась гримаса откровенной неприязни, когда он выходил из палаты. Было очевидно: мысль о том, чтобы дать Беккеру мобильный телефон, ему не совсем понравилась.

Превозмогая головную боль, Майкл пытался вспомнить, кто еще мог находиться возле ресторана.

«Насколько я припоминаю, кроме меня, в ресторане был Уолтер Грант, валявшийся с перерезанной глоткой, и повар, которому ублюдок Абдул всадил пулю в голову. Уверен, что именно он установил бомбу. В закусочной не было ни посетителей, ни работников – предполагаю, что они, наверное, выбежали через задний двор, как только Абдул начал стрелять. Но как вышло, что от взрыва пострадало такое большое количество людей?»

Доктор Исмаэль вернулся в палату после непродолжительного отсутствия, еще раз покачал головой и сказал:

– Мне сообщили, что, кроме многих трупов людей, находившихся снаружи в момент взрыва, внутри были найдены тела одного американца, повара и еще двадцати человек.

Беккер помнил двух мужчин с золотыми цепочками на шее, которые сидели напротив ресторана, а также двух «европейцев». Они были последними, кто покинул ресторан. Беккер чувствовал, что его охватывало раздражение. Но он не собирался ничего обсуждать с иракским доктором.

– Ладно, как скажете...

Доктор Исмаэль повесил медицинскую карточку на изножье, положил ручку обратно в карман и сказал:

– Я загляну к вам попозже.

– Спасибо, доктор, – ответил Беккер, зная, что доктор Исмаэль не тот человек, который объяснит ему загадку о количестве трупов.

Он снова закрыл глаза и попытался расслабиться, но у него из головы все никак не шли сцены из ресторана: пустое помещение, «европейцы» и безжизненное тело Гранта.

———◆———

Наступило утро следующего дня. Майкл все еще пребывал в полудреме, когда дверь тихо и медленно открылась и в палату вошел Даррелл Сэмсон по кличке Папс, которую он получил за то, что внешне походил на кругного миловидного щенка. Папс был лейтенант в отставке: когда-то он возглавлял отряд «зеленых беретов» и принимал непосредственное участие в войне. Сейчас ему уже было за пятьдесят, цвет его кожи напоминал темный кофе, глаза были черные как уголь, а его улыбке мог позавидовать даже голливудский актер. Каждая деталь внешности Даррелла говорила о том, что он большой добряк, который всегда готов прийти на помощь в трудную минуту. Конечно же, так мог подумать только тот, кто не знал подлинной натуры Папса, кто не видел его в действии. Агенты ЦРУ и военные, знакомые с Папсом, чувствовали по отношению к нему исключительно уважение и страх. Этот человек был сильным и беспощадным бойцом, о котором ходило множество легенд. Все знали о том, что он не даст возможности подставить себя или вести с ним двойную игру.

Папс зашел в комнату, закрыл за собой дверь и подошел к кровати. Он положил ладонь на плечо Майкла, от чего тот подскочил и дернул правой рукой, застонав от боли. Беккер поднял глаза и взглянул на посетителя. Папс закрыл Майклу рот своей ладонью еще до того, как он успел издать хотя бы звук.

– Тихо, Майкл! Это я.

Майкл посмотрел на командира и успокоился, а Папс тем временем убрал руку от его рта.

– Какого черта, сэр, – взбешенно сказал Майкл. – При всем уважении, совсем не обязательно было меня будить подобным образом! Господи, у меня, наверное, разошлись швы.

Папс сел на стул у кровати и лишь затем начал говорить:

– Ты и не в такие передряги попадал, сынок, – он замолчал и посмотрел на Майкла, который, казалось, еще не был готов начать разговор. Тем не менее Папс спросил:

– Что же там произошло, солдат?

Беккер все еще пытаясь разобраться в произошедшем, ответил:

– Сэр, я попал в западню: Абдул сбежал через задний двор и оставил под кухонным столом заряд С-4, который предназначался совсем не для украшения интерьера.

– Погоди, кто такой этот Абдул, о котором ты рассказываешь? – спросил Папс, бросая на него серьезный и суровый взгляд. – Какой еще С-4? Ты мне можешь рассказать по порядку о том, что случилось?

Папс на секунду умолк, чтобы растерянный солдат смог собраться с мыслями, а затем спросил его тихим голосом, в котором звучали властные нотки:

– Майкл, ты в курсе, что иракские власти хотят взять тебя под стражу по подозрению в причастности к убийству десятков иракских граждан?

Беккер, не понимая, что происходит, сохранял молчание. Папс пристально посмотрел на него:

– Сынок, будет лучше, если ты уяснишь кое-что: среди наших политиков найдутся клоуны, которые захотят заработать для себя баллы, повесив всю вину на тебя. Так что лучше говори со мной!

Пока Майкл пересказывал все, что ему удалось вспомнить, пытаясь описывать события как можно более детально, по его спине начал пробегать холодок, и он поймал себя на мысли, что Папс пытается дистанцироваться от него точно так же, как это делал вчера доктор. Майкл почувствовал себя одиноким и покинутым.

– Майкл, сынок, твоя история никак не вяжется, – сказал Папс после того, как Беккер окончил свой рассказ. Он со спокойным видом смотрел Майклу в глаза.

– Именно так все и произошло!

Но Папс продолжал настаивать:

– Но ты сказал, что там был лишь один заряд С-4, правильно? Ты ведь понимаешь, что ресторан сровняли с землей? Для этого необходимо было нешуточное количество взрывчатки.

После недолгого обоюдного молчания, Папс продолжал свой допрос:

- Ты уверен, что правильно все запомнил, Майкл? Это заведение должно было быть переполнено людьми – ведь это была середина дня – если учесть, сколько тел было извлечено из-под руин. Все тела иракцев представляли собой лишь куски плоти и костей. Взрыв попросту перемолол всех: мужчин, женщин и детей. Там было, по крайней мере, двадцать человек, включая тебя. Я никогда не видел такого кровавого месива.

Все еще пребывая в некотором замешательстве, но чувствуя, что с каждой минутой он обретает уверенность в себе, Беккер возразил:

– Двадцать? Сэр, но этого не может быть. Там были только я, Грант и этот мерзкий предатель Абдул. Повторяю вам, я нашел Уолтера Гранта, нашего подрядчика, в туалете с перерезанным горлом.

Он потряс головой, пытаясь рассеять туман, заполнявший его мозг.

– Погодите, я помню, что слышал, как на кухне, где я нашел повара с продырявленной головой, закричала женщина. Однако она скрылась еще до того, как я вошел туда, чтобы узнать, кто стрелял. Что же, будем считать, что мы выяснили происхождение еще одного трупа. Это повар. Но откуда же тогда взялись остальные?

– Я не знаю, Майкл, но все это выглядит весьма странно, разве не так? Все погибшие были гражданскими, а выжил только один американский военный – ты! Все жаждут узнать, как тебе это удалось? Тебе помогло само Провидение?

Майкл печально покачал головой:

– Я выбежал через черный выход на улицу – и в этот момент сработала бомба. Должно быть, меня сбило с ног взрывной волной.

– Первый взрыв, наверное, спас тебе жизнь. Он швырнул тебя на землю, и, когда начали взрываться остальные бомбы, то весь этот ужас пронесся прямо над твоей головой.

– Наверное... все было так, как вы сказали: там было еще несколько бомб, которые я не заметил. Майкл закрыл глаза – он не мог избавиться от мыслей, в правильности которых он был *уверен*. Внутри ресторана на тот момент не было двадцати человек. – И что же произойдет теперь? – спросил Беккер, чувствуя, что его силы уже на исходе.

– Во-первых, тебе необходимо отдохнуть и поправиться. Как только тебя отсюда выпишут, ты отправишься домой. Мы ведем переговоры с иракскими властями о том, чтобы они не выдвигали против тебя никаких обвинений административного или криминального характера, в соответствии с договором о неприкосновенности для американских военных в Ираке, который заключил наш президент. Несмотря на договор, сделать это будет нелегко, учитывая количество пострадавших, но и невыполнимой такую задачу не назовешь.

– Благодарю вас, сэр. А что же относительно Абдула? Это парень знает ответы на все вопросы.

– Сынок, ты действительно думаешь, что мы бросим все силы на то, чтобы перешерстить весь Багдад или даже Ирак в поисках иракца, о котором ты знаешь лишь то, что его зовут Абдул? – Папс уже с трудом скрывал свое раздражение. – Позволь спросить, почему ты не действовал в соответствии с данными тебе инструкциями? Почему у тебя не было документации или фотографий связников и контактов вокруг порученного тебе объекта, Уолтера Гранта? Скажи, с кем должен был встретиться этот, как ты его называешь, Абдул? Как случилось так, что ты позволил американскому подрядчику, к которому ты приставлен, забрести в другую часть здания без сопровождения? – прямолинейно спросил Папс, и в его голосе послышалась угроза. – Видишь, солдат, все складывается отнюдь не в твою пользу?

– Это не входило в мои обязанности, сэр. Мистер Грант рассказал о подрядчиках, с которыми мы должны были встретиться в присутствии Абдула, за полчаса до встречи, а затем уже Абдул сказал, куда мы идем. Почему вопрос касательно протокола всплыл только сейчас, сэр? Почему бы вам не спросить наших «подрядчиков» о том, что за ерунду они творят? Спросите, с кем они встречаются и почему они носят с собой подозрительные пакеты, предположительно наполненные наличными?

– Ладно-ладно, Майкл! Давай закроем эту тему на некоторое время. Слишком уж много вопросов было задано для непринужденного разговора между друзьями. Ты жив, и это самое важное. Важно также то, что я позабочусь о тебе и в конечном итоге отправлю домой. Ты ведь хочешь домой, правда? – Папс изобразил на своем лице отцовскую улыбку, которая была преисполнена заботой и пониманием. От этой улыбки по израненному телу Беккера пробежала холодящая дрожь.

– Так точно, сэр! – выдавил из себя Майкл.

Папс нежно взял Майкла за здоровое плечо и спросил:

– Видел ли ты что-нибудь еще в этом ресторане? Что-то хоть малость подозрительное?

Майкл глубоко дышал, давление, которое испытывал он в присутствии Папса, вытаскивало все силы из раненого тела и заставляло сильно нервничать. Беккер призадумался, затем тяжело вздохнул и ответил:

– Все казалось странным с самого начала. Я уже вам говорил, что когда мы зашли в ресторан, то он оказался пустым. – Он снова умолк, понимая, что ему следует говорить предельно осторожно, и продолжил:

– Там было двое американцев. Как только мы зашли, они сразу же направились к выходу. Когда подобное заведение пустует, это кажется поистине странным.

– Двое американцев? Откуда ты знаешь, что они были американцами? Они, что держали в руке флаг США? – Папс говорил медленно и спокойно, но его глаза сверлили Майкла до самой глубины души. – Ты видел их лица?

– Я пытался взглянуть на их лица, но толком не смог ничего рассмотреть. Они уходили, а я должен был в тот момент одновременно наблюдать за всеми дверями и окнами.

– Майкл, но с чего ты взял, что они американцы? Сможешь ли ты их опознать, если увидишь еще раз?

– Я уже сказал, что не видел их лиц, сэр. Они сразу же ушли. Но, поверьте мне на слово, сэр, – они однозначно были американцами, я их нюхом учуял.

– Ладно, что-нибудь еще?

– Это все, сэр. Ответы на остальные вопросы знает Абдул, – ответил Майкл, покачивая головой.

– Я понимаю, но повторюсь: людям нужны ответы сейчас – никто не станет искать Абдула. Политики в высоких кабинетах хотят поскорее замять это дело, чтобы продолжать работу над местными проектами. Иракцы хотят кого-то наказать и продемонстрировать своему народу, что они держат бразды правления в своих руках, и им всем хочется, чтобы наказание понес именно ты. Итак, что же я должен им всем сказать?

– Уолтер Грант, наш подрядчик, поддерживал контакт с Абдулом. Я не привлекал Абдула к заданию – моя задача состояла в том, чтобы обеспечивать безопасность Гранта.

– Безопасность? Солдат, и как ты считаешь: как ты выполнил свое задание?

Майкл не знал, что ответить или добавить. Воцарилась тишина, которую прервал Папс:

– О₵кей, я понял тебя, сынок. Посмотрим, что я смогу для тебя сделать. Тебе придется мне довериться. Всем не терпится закрыть этот вопрос. Ты отдыхай – все само собой рассосется, под моим воздействием, разумеется.

Папс поднялся со стула, потрепал Майкла по раненому плечу, но на этот раз он сделал это нежно и без лишнего шума вышел из палаты.

Беккер чувствовал себя одиноким, находясь в замешательстве от вопросов и высказываний доктора и Папса. Его разум страдал от наплыва проблем, а тело болело от ран и ушибов, полученных во время взрыва. Беккер понимал, что не сможет сегодня решить все задачи в таком состоянии. Даже его навыки не могли помочь сосредоточиться и уменьшить боль … Пытаясь бороться с усталостью и замешательством, он незаметно для себя погрузился в целительный сон.

Глава 3
Снова домой

———————◆———————

Татьяна Беккер, пожилая женщина с приятной внешностью имела добродушный характер. Ее кожа была нежной и бархатной, как персик под жарким июльским солнцем, к которому хочется прикоснуться пальцами. Небольшого роста и хрупкого телосложения, Татьяна обладала, однако, силой характера, с которой другим людям приходилось считаться. На своем веку она повидала немало войн: одни полыхали прямо за ее порогом, другие же велись в окопах Восточной Европы. Эта прожившая уже немало лет женщина тоже была своего рода ветераном. А Майкл, Миша, по словам Татьяны, был ее «блудным» внуком, возвращения которого она всегда с нетерпением ожидала и надеялась, что он вот-вот постучит в дверь и она снова его обнимет.

Женщина откинулась в кресле, которое стояло у окна, и стала наблюдать за прохожими, соседями, живущими напротив, за происходящим на задних двориках домов и любоваться пальмами, видневшимися вдали. Затем она закрыла глаза и начала мечтать о том, как Миша поведет ее на прогулку по берегу океана. Татьяне очень хотелось ощутить, как он берет ее за руку и дотрагивается ею до своего лица – как же она по нему скучала! *«Он ведь у меня такой хороший мальчик»*, – подумала она мимолетом, открыв глаза и глядя, как двое маленьких ребятишек играют во дворе. *«Где сейчас Миша?»*

А в этот момент Майкл находился на пути домой после отвратительного судебного разбирательства, проходившего в закрытом режиме, где ему практически пришлось продать душу дьяволу, чтобы выбраться из ловушки, в которую его загнали. Вынесенный приговор был просто ужасающим: его уволили из армии и при первой возможности отправили домой в Лос-Анжелес. Со дня, когда произошел взрыв в ресторане и его жизнь пошла под откос, миновал уже почти год. Как могло случиться так, что все рухнуло в один момент?

Майкл сидел на заднем сиденье такси и был на самом деле рад, что все проблемы уже позади. Он остался жив, а мысли о родном доме поднимали настроение – следовало сосредоточиться на том, что его ждет впереди. У него есть бабушка, которая, несомненно, очень по нему скучает и с нетерпением ждет его приезда. А также Стефани, чье милое личико он жаждал увидеть как можно скорее. Стефани была необычайной женщиной: ее прекрасное тело было под стать острому уму, и она была достаточно чувствительной и тактичной, чтобы понимать, когда ее присутствие желательно, а когда нужно дать мужчине больше пространства. Ее поцелуи напоминали Майклу о летнем ночном небе, сплошь усыпанному яркими звездами, прикосновения были нежными и ласковыми, а движения казались самим воплощением грациозности. Стефани знала все сложности его характера и то, как нужно с ними справляться, – для него она была идеальной женщиной и подругой.

В момент, когда такси остановилось перед подъездом многоквартирного дома, из груди Майкла вырвался вздох облегчения: наконец-то он дома. Беккер выбрался из такси, на нем были темно-синие джинсы и белая футболка, а в руках военный вещевой мешок. Майкл огляделся по сторонам, как будто пытаясь одновременно перелистать все страницы в своей книге воспоминаний. Он посмотрел на верхнюю часть здания и еще раз глубоко вздохнул.

– С вас пятьдесят пять долларов, – сказал таксист, как будто между прочим высовывая голову из окна автомобиля.

Это заставило Майкла вернуться из мира грез, он достал из зажима пачку наличных, протянул водителю пару купюр и сказал:

– Вот, спасибо, дружище, сдачу оставь себе.

– Не за что, благодарю.

Майкл закинул рюкзак на плечо и вошел в здание. Специфический запах краски и кухни въелся в стены парадного, что еще раз напомнило Майклу: он дома. Посмотрев на двери старого лифта, нажал кнопку – по его лицу расплылась улыбка.

Двери лифта открылись, и оттуда в спешке вышла пара молодых людей. Майкл не был знаком с ними, но все равно кивнул в знак приветствия – они улыбнулись ему в ответ.

Майкл вышел на втором этаже и оказался в конце коридора. Его сердце выстукивало странный ритм, в котором радость перемешалась с непонятными чувствами. Он машинально начал выискивать причины своей потенциальной хандры. Благодаря тренировкам Беккер отработал особое чутье, которое сигнализировало ему о некой ситуации, даже само здание могло предупреждать его о нависшей опасности. Однако Беккер не обнаружил ничего, что могло бы оказаться засадой или ловушкой, а потому постарался отогнать навязчивые мысли и зашагал по направлению к бабушкиной квартире. Он взялся за ручку, медленно повернул ее и открыл дверь. Войдя внутрь, он тихо закрыл ее за собой и направился в комнату, покачивая при этом головой: с того дня, когда он был здесь последний раз, не поменялся ни один элемент обстановки, все оставалось на своих местах. Бабушкино кресло также стояло перед телевизором у маленького приставного столика, а диван выглядел так, как будто на него уже много лет никто не садился.

Майкл широко улыбнулся, когда увидел бабушку, спящую в кресле. Он положил руку ей на плечо и очень нежно его сжал.

Татьяна открыла глаза и вздрогнула от неожиданности. Она приложила ладонь ко рту, а затем опустила ее на грудь – весь ее вид говорил о том, насколько она взволнована и удивлена. Она встала, опираясь на ручки кресла, и посмотрела на своего внука.

– Мишенька, это ты! Ой, вейз мир!!! – воскликнула она почти задыхаясь.

Татьяна протянула руки, и Майкл поднял ее с кресла. Всхлипывая, она крепко обняла внука. Может быть, ей и было восемьдесят лет, но сил этой женщине, впрочем, как и прыткости, было не занимать.

Майкл театрально застонал от столь сильных эмоций.

– Бабушка, мне трудно дышать. Ты слишком сильная!

Она выпустила внука и стала его разглядывать.

– Почему ты не предупредил меня о том, что приедешь? Почему от тебя не было весточки на протяжении многих месяцев? Ты был ранен? – говоря это, бабушка слегка похлопывала по его телу, как будто пытаясь убедиться в том, что он цел и невредим.

– Ты пострадал? Ты снова попал в больницу?

Майкл взял ее за руку, которая блуждала по его телу, и поцеловал.

– Бабуль, все в порядке. Я был на спецзадании. Кстати, а ты помнишь, что я тебе говорил раньше о твоем спецзадании? Всегда закрывай дверь на замок: кто угодно может войти сюда, как это только что сделал я, и застать тебя врасплох.

– Знаю, знаю я, но постоянно об этом забываю, – уныло сказала бабушка. – Если бы ты чаще бывал дома, то я бы чувствовала себя в большей безопасности.

– Мы уже говорили об этом. Ты ведь понимаешь, что я уехал, чтобы служить нашей стране. Мы ведь договорились, что ты не станешь так сильно переживать. Но мы говорим о том, что ты обещала всегда запирать дверь! – сказал Майкл, нежно улыбаясь. – Ну что же, я вернулся, и со мной все в порядке! И знаешь что? Я умираю от голода!

– Ой, вей! Давай я приготовлю твое любимое блюдо! – сказала Татьяна, машинально вытирая руки об халат и направляясь на кухню. – Иди в душ, а через двадцать минут будет готова яичница с картошкой.

Майкл взял рюкзак и пошел в свою спальню. Бабушка еще постояла пару минут в дверном проеме, смотря на внука и широко улыбаясь, а затем заторопилась на кухню.

Комната Майкла была заполнена кубками и фотографиями из лагерей, где он занимался боксом и карате. Боксерские перчатки все еще висели на стене.

Он резко повернулся, когда услышал звук шумящей воды и громыхание кастрюль, доносившиеся из кухни.

Он крикнул, пытаясь перекричать незатихающий шум:

– Здесь ничего не изменилось!

Ответа не последовало, слышно было лишь гудение и привычные звуки родного дома. Майкл подошел к полке, прикрепленной к стене, взял оттуда медаль и сел на кровать.

Странно, как такой маленький предмет, как медаль, может мгновенно вернуть тебя в прошлое. Мы были тогда на татами – я подпрыгнул и сделал удар с разворота, засадив при этом ногой сопернику в челюсть. Он немного отлетел и рухнул на татами. Судья замахал руками, сигнализируя о том, что противник не в состоянии продолжать поединок. Я вскинул вверх руки, полный радости от победы.

Стройная и привлекательная афро-американка прыгнула мне в объятия. Думаю, что именно в этот момент Стефани покорила мое сердце.

– Майкл, ты снова победил, я так горжусь тобой. Ты – мой Брюс Ли. Я люблю тебя, Майк!

Я обнял ее и поцеловал со всей страстью, которую способен ощущать мужчина в подобный момент. Она поцеловала меня в ответ с пылом, о существовании которого я даже не подозревал. Я сказал ей:

– Мне бы хотелось быть таким же крутым, как Брюс Ли, ведь он дерется так, как будто это не составляет ему никакого труда.

Взаимность нашей любви не вызывала ни у кого сомнений: мы улыбнулись друг другу и еще раз поцеловались перед тем, как брат Стефани, Милтон, подошел и крепко обнял нас обоих. Он был, как и я, бойцом, но отличался большим мастерством и сообразительностью!

– Эй, сестричка! Выпусти чемпиона хоть на секунду, а то ты его удушишь еще до того, как он получит свою медаль.

———— ◆ ————

Воспоминания вызвали улыбку на лице Майкла. Он положил медаль обратно на полку и начал раздеваться.

Приняв горячий приятный душ, Беккер заглянул в шкаф, чтобы взять рубашку и увидел там свой парадный мундир с отутюженными складками, полностью готовый к тому, чтобы его надели. Сразу же вспомнилась армия, задание в пустыне, ресторан... в голове опять вихрем закружились мысли. Его мозг опять начал пытку с пристрастием : *«Почему? Почему это случилось? Что на самом деле произошло? Почему это произошло именно со мной?»* Задавать вопросы легко, но вот получить на них ответы бывает гораздо труднее. Большинство людей сомневаются в правильности принятых решений, в особенности тогда, когда события разворачиваются не так, как им бы этого хотелось. Но Беккера научили извлекать уроки из собственных ошибок, чтобы не повторять их снова. Жизнь солдат, а также тех, кого они поклялись защищать, зависит от способности извлекать подобные уроки и от решимости не допускать провалов. Возможно, эти уроки уже не имеют никакого значения. Его армейской карьере пришел конец и ее следует похоронить – осталось лишь найти то, что поставит на всем этом крест.

Позже, я разберусь с этим позже, – сказал себе Беккер.

Он надел джинсы и натянул футболку. От него шел аромат мыла «Ирландская весна», и он чувствовал себя намного свежее. Майкл прошел на кухню и уселся за стол, на котором уже стояла тарелка с едой.

Он не смог сдержать улыбки, а яичница и горячая картошка с луком, как показалось, улыбнулись ему в ответ – таким манящим был их аромат.

– Тебе сделать чай или кофе, – спросила бабушка, поворачиваясь от плиты.

– Кофе, пожалуйста, – ответил Майкл, уплетая еду с таким аппетитом, как будто он не ел несколько недель.

Татьяна подошла к столу с кофейником в руках и села напротив внука.

– Итак, расскажи, где ты был, – сказала она настойчиво, наливая горячий напиток в чашку Майкла. – Ты приехал домой насовсем? Ты знаешь, как я сильно волновалась о тебе?

Еще до того, как Майкл успел напомнить ей о том, что переживания вредят ее здоровью, Татьяна налила себе чашку кофе, поставила кофейник на поднос и посмотрела на внука взглядом, в котором отображалось настойчивое желание получить ответы на интересующие ее вопросы. Но Майкл знал, что эту тему лучше не поднимать лишний раз.

– Да, бабушка, я вернулся домой навсегда, – ответил он, проглатывая яичницу. – Больше не нужно волноваться! Я покончил с армией навсегда. Ну или на неопределенное время.

– Ты в точности как твой дед, тебя назвали в его честь, и в тебе течет его кровь. Ты такой же воин. Ох... он тоже был сильным... и смелым... таким смелым. Он принимал участие в захвате Берлина, он победил нацистов.

Майкл взял чашку и поднес ее к губам.

– И потом его посадили за решетку, – сказал он, перед тем как отхлебнуть кофе.

– Его не посадили, Миша, а сослали в Сибирь. В Советском Союзе тогда были смутные времена. Против лидеров государства нельзя было сказать ни одного худого слова – можно было поплатиться даже за невинную шутку. Но твой дед думал, что заслужил право говорить то, что у него на уме, ведь он рисковал своей жизнью из-за любви к родине. Но кто-то что-то там услышал и написал на него донос. Посреди ночи к нам вломились пятеро сотрудников НКВД и забрали его с собой. Ой, вей...

Она взяла рогалик из корзинки, стоявшей посреди стола, и попросила:

– Миша, будь добр, намажь немного масла себе на хлеб, ты же любишь.

Майкл кивнул и улыбнулся. Он взял из ее рук рогалик, разломил его пополам и аккуратно намазал на него масло. Как же давно он этого не делал!..

Майкл передал рогалик бабушке.

Татьяна сказала:

– Благодарю, Миша. Я думала, что уже больше никогда не увижу своего мужа! Но через два года я получила из Сибири письмо и решила поехать к нему. Там, в этом Богом забытом месте, родился твой отец.

Майкл вздрогнул, увидев как в бабушкиных глазах заблестели слезы. Хоть он уже и слышал эту историю несколько сот раз, но не стал перебивать и позволил бабушке рассказать ее снова. Казалось, что именно благодаря этой истории она продолжает любить дедушку и помнить его как героя. И Майкл никогда бы не посмел умалять его достоинства в присутствии любимой бабушки. Она макала свой рогалик в кофе – это было своеобразной семейной традицией. Беккер некоторое время молчал, глядя на пожилую женщину, сидящую напротив него, а затем закончил знакомую историю.

– Значит, его убила страна, которой он служил и за которую готов был отдать жизнь.

Татьяна пристально посмотрела на него, но затем медленно улыбнулась и сделала замечание о том, что он ковыряется в еде, вместо того, чтобы доесть ее:

– Мишенька, ты говорил, что голоден, как волк. Разве голодный волк станет размышлять, увидев перед собой полную тарелку с едой. Ты ешь или витаешь в облаках?

– Просто замечтался, – ответил Майкл и продолжил есть. – Скажи, Стефани приходила тебя навещать, когда я был на службе?

– Ой, вэй! Стефани, Стефани. Вокруг есть тысячи красивых и достойных еврейских девушек. Ладно пусть не еврейских, но в Лос-Анжелесе живут миллионы белых девушек, а ты постоянно говоришь об этой негритянке. Миша, я тебя умоляю!

Майкл еще не был готов воспринимать поток упреков от бабушки. Он положил свою вилку на стол.

– Бабушка, прекрати говорить подобное о Стефани. И что с того, что она темнокожая – мы выросли вместе, она прекрасная женщина, и я люблю ее.

Татьяна отвела от него взгляд, посмотрела в окно, затем сказала:

– Вейз мир! Если бы твои родители были все еще живы, они бы захотели умереть в автокатастрофе снова и снова.

– Ага, бабуль, как скажешь, – пробормотал Майкл. Подобный разговор у них с бабушкой происходил уже бесчисленное количество раз, но для Майкла Стефани была и остается любимой женщиной, будь у нее черный, белый, красный или желтый цвет кожи, имей она еврейские корни или нет – эта женщина является его половинкой, которой ему так не хватало на протяжении всех этих месяцев. Никто и никогда не сможет ее заменить.

– Почему ты смеешься? Они были твоими родителями.

Майкл уныло покачал головой.

– Уж не знаю, какая трагедия более душещипательная, та, где мой отец садится пьяным за руль и пьяным погибает вместе с матерью, или та, где я встречаюсь с темнокожей девушкой?

– Тебе нужно будет как-то съездить в Украину и навестить их могилы. Посмотреть, нуждаются ли они в уходе. Это твоя ответственность. Что бы ты ни говорил, но ты должен проявлять уважение к умершим, к своим родителям.

– Почему это? Я их почти не помню. Ты меня вырастила, я приехал сюда с тобой, ты заменила мне отца и мать. Если бы не фотографии и очень туманные воспоминания о том коротком отрезке времени, когда мы были вместе, то я бы и не знал, какими они были. Если я когда-нибудь решу туда поехать, то ты поедешь вместе со мной, и мы будем вместе ухаживать за их могилой, а также могилой дедушки. Хорошо?

Бабушка кивнула и заулыбалась.

– Ты что-то говорила о Стефани, – сказал Майкл.

Татьяна начала хныкать.

– Что опять? – внутри у Майкла все сжалось. К нему опять вернулось плохое предчувствие, которое охватило его, когда он стоял в парадном.

– Она вначале ходила сюда почти каждый день, как будто мне была нужна ее помощь. Приносила продукты, почту, а затем, где-то полгода тому назад, перестала приходить. Но, по крайней мере, соседи наконец-то оставили меня в покое и прекратили называть вас парой.

– Полгода назад? А как же Милтон? – спросил Майкл, лелея слабую надежду на то, что его друг говорил с бабушкой.

– А что Милтон? – сказала Татьяна, пожав плечами. – Тот постоянно чем-то занят.

– Он приходил тебя навестить?

Бабушка ожесточенно замотала головой.

– Он ни разу не приходил. Как-будто я не могу жить без них. Мне никто не нужен. Ой, вейз мир! Сердце...

Она схватилась левой рукой за грудь – на лице у нее выразились усталость и боль.

– Мне лучше прилечь, – сказала она, потрепав Майкла по руке.

– Так и сделай. Как твое сердце? Как ты себя чувствуешь?

Татьяна постаралась улыбнуться

– Так себе, но моему здоровью почему-то никто не завидует.

Майкл поднялся, провел ее в гостиную и помог лечь на диван.

– Почему бы тебе не прилечь на своей кровати, там было бы намного удобнее, чем на диване.

– Нет-нет. Мне на диване хорошо.

– Ладно, как скажешь, – сказан он, укрывая Татьяну одеялом. – Послушай, ты отдыхай, а пойду повидаться со Стефани. Тебе купить чего-нибудь в магазине?

Бабушка посмотрела на него и сказала:

– Просто иди к ней. Но, если собираешься в магазин, то сперва загляни в холодильник, а затем купи все, что считаешь нужным. Давай поговорим попозже.

Она повернулась лицом к спинке дивана.

Майкл кивнул и пошел обратно на кухню. Он убрал со стола и помыл посуду, а потом заглянул в холодильник и порылся на полочках – большинство их пустовало. В холодильнике не было ничего, кроме молока, яиц, сыра, картошки и нескольких всклокоченных овощей, выглядевших так, будто они лежали там еще с доисторического периода.

– И почему я не удивлен? – пробормотал Майкл, закрывая дверь холодильника.

Он вошел обратно в гостиную и сказал:

– Я скоро вернусь.

Затем он нагнулся и поцеловал Татьяну в лоб.

Перед тем как выйти из квартиры, Майкл взял бабушкин мобильный телефон.

– Алекс, это ты?... Ха-ха, да, это я! – сказал он и тихо засмеялся.

– Знаю-знаю, – продолжал говорить Беккер. – Мы это обязательно сделаем, но я только вернулся в город и мне нужно, чтобы ты меня подбросил кое-куда.

Его приятель Алекс прекрасно знал, куда Майкл собирается и куда за ним следует заехать.

– Ладно, дружище, заранее тебя благодарю. Увидимся через час.

Беккер вышел из квартиры, повернул защелку на замке, тихо закрыл входную дверь, а затем повторно удостоверился в том, что ее никто не сможет открыть без ключа. Оставшись доволен, повернулся и зашагал по коридору к лифту.

Глава 4
Найти Стефани

Это был идеальный день для езды в автомобиле: на улице стояла ясная и сухая погода и час пик еще не наступил. За рулем ярко-красного спортивного автомобиля сидел Алекс, давний приятель Майкла. Выглядел он не старше тридцати лет, хотя на самом деле ему уже давно перевалило за сорок, вел себя при этом очень самоуверенно и явно радовался жизни. Алекс, так же как и Майкл, имел украинские корни.

Беккер слегка развернулся к нему и радушно сказал:

– Алекс, спасибо, что согласился меня подвезти – мне больше не к кому было обратиться, – Немного задумавшись, Майкл продолжил: – Кажется, что у меня жизни раньше никакой и не было – это так забавно. За время службы в армии я успел много чего увидеть и побывать как в величественных и прекрасных, так и в самых отвратительных местах нашей планеты. Но чего же мне удалось достичь? Я не богач, в отличие от тебя живу в одной квартире со своей бабушкой и никогда по-настоящему не знал своих родителей.

Алекс неохотно улыбнулся и попытался как-то возразить:

– А мне всегда казалось, что ты живешь достаточно неплохо, – сказал он с ярко выраженным русским акцентом. – Каждый раз, когда я думаю о тебе, то представляю улыбчивого чемпиона с красивой темнокожей подружкой. Так что же произошло? Кстати, тогда мы все только и ждали, когда увидим в газетах твою фотографию под заголовком «Майкл Беккер – *новый чемпион по смешанным единоборствам*».

– Мне было двадцать лет, – ответил Майкл. – Я был молодым и глупым. Знай, что бабок в ММА по большому счету нет: люди зарабатывают больше сидя в офисах и перебирая бумаги. Я же посвящал все время тренировкам, готовясь к тому, чтобы стать новой звездой спорта.

Беккер посматривал по сторонам.

– Остановись, пожалуйста, у какого-нибудь магазина электроники – я хочу купить себе мобильный телефон. Ага, потом я сломал ногу. Ничего серьезного – простая трещинка. Кого бы еще, кроме как меня, это могло выбить из колеи? Но я утратил возможность тренироваться на протяжении полугода. Эта травма перечеркнула все предыдущие старания, и мне пришлось начинать все с чистого листа. Если бы не Стефани, то даже не знаю, что бы я делал.

Алекс повернулся к Майклу.

– Прошу тебя, только не начинай! Ты смог бы добиться всего, чего угодно, если бы только этого захотел, – он искренне улыбнулся. – Я считаю, что ты воспринимаешь все слишком серьезно и чрезмерно драматизируешь. Жизнь ведь намного проще. Вот у меня нет постоянной девушки, и я никогда не позволяю отношениям заходить слишком далеко. Взял себе за правило: встречаться с каждой не дольше трех месяцев – в противном случае они начинают строить планы на будущее, не удосужившись при этом даже поинтересоваться моим мнением. А затем они начинают требовать, чтобы я их обеспечивал. Я? Обеспечивал их? Можешь себе это представить? Не тут-то было! У меня есть небольшая туристическая фирма. Богат ли я? Может быть, да, а может, и нет, но причина моего благосостояния заключается в том, что я не имею серьезных отношений и не состою в браке – мне не на кого тратить деньги, заработанные тяжелым трудом. Мне не нужно обеспечивать ребенка всем необходимым. К тому же, все женщины хотят обручальное кольцо, машину, дом, детей... а что получу я?

– Молоденькую няню?

– Точно! Но я ведь могу найти себе двух «нянечек» хоть сейчас, причем обслуживать меня они будут одновременно.

Майкл потряс головой и засмеялся.

– Все в порядке, друг! Ты, кажется, знаешь, чего хочешь. А вот у меня в то время, когда я изо дня в день тренировался, была лишь одна мечта – стать чемпионом. Я не видел перед собой ничего, кроме желаемой цели, – у меня не было времени для раздумий. Но у меня была Стефани: если бы не она, то я жил бы как слепой. Кроме того, какой смысл встречаться со многими девушками? Они ничего не знают обо мне, замечают только награды, висящие на моей стене, которые ассоциируются со славой. Но Стефани по-настоящему меня понимала, она знала как... – он умолк на секунду, очевидно раздумывая о том, что ему *следует* сказать дальше, – любить и заботиться обо мне. Она была моей связью с внешним миром.

– А как же твоя бабушка?

– А что бабушка? Она тоже часть моей жизни, но другой. И как это тебе удалось найти связь между Стефани и моей бабушкой? Просто... Притормози здесь, – Майкл показал пальцем в направлении магазина.

Алекс остановился. Через несколько минут Майкл вышел из магазина и уселся на пассажирское сиденье. Он открыл коробку, которая лежала у него на коленях, и вынул из нее мобильный телефон.

– Ладно, поехали, – скомандовал он, а затем, задумчиво помолчав, сказал:– Знаешь, я только что понял, что у меня ничего нет.

– Я бы так не сказал, – возразил Алекс с ободряющим тоном в голосе. – Ты крутой парень и великий чемпион и мог бы заполучить любую девушку. Только посмотри на себя!

– И что же ты видишь во мне сейчас? Причем здесь «заполучить»? Алекс, поверь мне, после шести-семичасовых тренировок в день совсем не охота шляться по бабам, а просто хочется, чтобы рядом был человек, который тебя понимает. Каждодневные тренировки – это огромный стресс. Ты доводишь тело до изнеможения, превозмогаешь боль и усталость. Ох, знал бы ты, каким опустошенным чувствуешь себя внутри, когда возвращаешься домой, а тебя там никто не ждет.

– Но ты ведь теперь оперативник в вооруженных силах – ты настоящий мужик! Шпион, Агент 007, во! – Алекс продолжал смотреть перед собой, но казалось, что веселое расположение духа его сопровождает сегодня целый день.

Майкл посмотрел на своего приятеля с подозрением:

– Откуда столь обширная информация обо мне? Да, я служил в армии, но с чего ты взял, что я шпион?

– Русско-еврейская община – это самая осведомленная община в мире! Разве ты об этом не знал?

– Кажется, ей следует завести новых осведомителей, – сказал Майкл, с улыбкой поворачиваясь к Алексу. – Если же русско-еврейская община настолько осведомленная, то может ли ее представитель сообщить мне, где сейчас находится Стефани? Может ли самая осведомленная община в мире дать ответ на этот элементарный вопрос?

– Нет! Но в таком случае почему спецагент самой мощной армии в мире не в состоянии самостоятельно отыскать свою девушку? Которая, смею заметить, даже не прячется. Или же она-таки прячется от нашего вояки?

– Бывшего вояки. Можешь повернуть направо и остановиться в следующем квартале?

– Как это «бывшего»? – спросил Алекс, притормаживая у бордюра.

– Видишь ли, Алекс, если я тебе расскажу еще и об этом в придачу в тому, что ты уже обо мне знаешь, то тебе придется навсегда умолкнуть, а вскрытие покажет, что у тебя была острая сердечная недостаточность, – сказал Майкл с самым что ни на есть серьезным выражением лица. Он несколько раз постучал пальцем по носу. – Сверхсекретная информация, знаешь ли.

Лицо Алекса совсем неожиданно тоже стало серьезным, он даже выглядел немного перепуганным. Выдержав небольшую паузу, Майкл рассмеялся:

– Я просто прикалываюсь. Послушай, я выйду здесь, загляну к Стефани домой. Если ее там не будет, то зайду к брату, Милтону, ты же знаешь, он живет на соседней улице.

Майкл открыл дверь и уже собирался выйти, но затем подумал и взглянул на Алекса.

– Знаешь что, давай встретимся в девять вечера в ирландском пабе, на углу Вудман и Бурбанк?

– Не могу, – ответил Алекс, который не успел еще отойти от шутки. – У меня сегодня свидание: ей двадцать четыре и она только что прилетела из Москвы.

– Старый развратник, – сказал Майкл. – Как хочешь, но если передумаешь, то ты знаешь, где меня найти.

Сказав это, Майкл выбрался из автомобиля. Он оглянулся, чтобы что-то сказать, но Алекс его опередил:

– Ты уверен, что у тебя все в порядке?

– Конечно! Если что-то не заладится, то я вызову такси домой.

– Так зачем же ты тогда просил, чтобы я тебя подвез, если мог позвонить в такси? Или это тоже были твои шпионские приемчики – ты меня проверял? Так что, я прошел испытание или нет? – в голосе Алекса звучали нотки растерянности и разочарования.

– Алекс, ты мой друг! Да, я толком не знаю, что делаю, сейчас я в замешательстве. Береги себя. Если передумаешь, то увидимся в баре.

Майкл захлопнул дверь и стал смотреть, как автомобиль Алекса быстро удалялся из виду.

Беккер подошел к подъезду многоквартирного дома и нажал кнопку на домофоне.

Незнакомый мужской голос ответил:

– Что нужно?

– Это Майкл. Стефани дома?

– Какая еще Стефани? Вы ошиблись квартирой.

Но Майкл настаивал:

– Нет, это правильный адрес, она живет здесь или, по крайней мере, жила раньше. Когда вы заселились в эту квартиру?

– Это вообще-то никого не должно колыхать, но скажу, что мы с женой переехали сюда три месяца назад. Предыдущие квартиранты нам свой новый адрес не сообщали, и мы никогда не получали чужой почты. Теперь отвали!

На что Майкл лишь уныло ответил:

– Ладно, прошу прощения, что побеспокоил.

Он развернулся и пошел к тротуару. Там он постоял с минутку, пытаясь сообразить, что ему делать дальше. Затем развернулся и побежал на соседнюю улицу, где жил Милтон Дюрант.

Милтон, как и Майкл, служил в армии, он был специалистом по связи. Майкл не мог вспомнить, было ли время, когда Милтон не чинил какие-то электронные устройства. Он отыскивал на свалке радиоприемники и старомодные магнитофоны, раскручивал их на части, а затем складывал обратно, чтобы разобраться в их устройстве и понять, каким образом они были способны издавать звуки. Однажды он даже собрал радио из каких-то бытовых предметов. Все жители района считали, что Милтон – гений, темнокожий парнишка с отверткой! А его семья возлагала огромные надежды на него, желая видеть Милтона лидером в зарождающемся мире технологий. Майкл любил подтрунивать над Милтоном:

– Эй, кто это такой? Разве это не Мартин Лютер Кинг-младший из Силиконовой долины?

После этого обычно Милтон начинал гоняться за Майклом, затем они сходились в шутливой и непродолжительной рукопашной схватке. А когда Милтон был не в настроении, то он просто говорил:

– Кузнечик, отцепись от меня. Допрыгаешься.

Когда же в войсках специального назначения начался набор, то они без раздумий взяли Милтона, чему немало способствовали его незаурядные умственные способности и навыки рукопашного боя.

Дойдя до многоэтажного дома, в котором жил его старый друг, Майкл открыл дверь подъезда и зашел внутрь. Откуда-то доносится узнаваемая мелодия, а также привычная квартирная какофония...

Майкл поднялся по ступенькам на пятый этаж, прошел по коридору и остановился перед знакомой дверью. Подумав минутку, он постучал.

Из-за двери раздался женский голос:

– Кто там?

– Здесь живет Милтон Дюрант?

– А кто его спрашивает? – допытывалась женщина. Ее голос звучал раздраженно.

– Меня зовут Майкл. Я – старый друг Милтона и его сестры Стефани.

– Русский Майкл?

– Точнее, украинский, но достаточно близко.

Послышался шум снимаемой цепочки и дверь отворилась. За ней оказалась высокая и привлекательная афро-американка. На вид ей было около тридцати пяти лет. Женщина стояла и оценивающе разглядывала Майкла. Одетая в облегающие джинсы и белую футболку, она была похожа на модель, которая готова к выходу на подиум для того, чтобы представить коллекцию от какого-нибудь кутюрье.

– Привет, меня зовут Керри. Заходи! – сказала она, широко распахивая дверь.

Когда Майкл зашел в квартиру, Керри сказала :

– Милтона сейчас нет дома, но ты можешь подождать его, если хочешь.

Майкл остановился, улыбнулся и сделал шаг назад.

– В каком часу он должен вернуться?

– Да когда угодно, – ответила Керри, закрывая дверь квартиры.

Майкл достал из куртки новый мобильный телефон, ручку, листок бумаги и записал на нем свой номер.

– Передайте, пожалуйста, ему это и попросите, чтобы он позвонил мне, как только вернется домой.

– Разве ты не подождешь? – спросила женщина, беря записку из рук Майкла.

– Нет, но благодарю за предложение. У меня много дел. Вы случайно не знаете, куда переехала его сестра Стефани? Я только что заходил на ее старую квартиру, и мне сказали, что она там уже не живет.

– Я знаю лишь то, что полгода назад она переехала. Не скажу точно куда,это спроси у Милтона. Он все знает, – сказала Керри и пожала плечами. Затем она подняла взгляд на Майкла.

– Не переживай, я обязательно передам Милтону твой номер, как только он вернется домой, – сказала она, делая шаг по направлению к двери, чтобы открыть ее для Майкла.

Беккер задержал взгляд на шприце, который держала в руке Керри, и ухмыльнулся. Заметив, куда был направлен взгляд Майкла, она улыбнулась и спокойно сказала:

– Я диабетик, а ты пришел как раз тогда, когда я собиралась вколоть себе инсулин.

Она показала на свое бедро, как будто желая убедить Майкла.

Беккер поверил ей на слово, тем более что он уже сделал то, что хотел и теперь спешил.

– Спасибо, – сказал он уже стоя в коридоре. – Может быть, мы с вами как-нибудь познакомимся поближе.

– Красавчик, ты мог бы познакомится со мной поближе хоть сейчас, – сказала Керри и медленно открыла дверь.

Майкл почувствовал себя неловко, выдавив из себя улыбку, повернулся и вышел в распахнутую дверь.

— ◆ —

Папс в своем новом офисе выглядел неимоверно напыщенным и деловитым. Это было одно из наибольших на этаже помещений с широкими окнами по всему периметру. Он сидел за рабочим столом офиса, находившегося на двадцать первом этаже Федерального здания, и смотрел в окно на пейзаж западного Лос-Анжелеса, разговаривая по телефону с мистером Фрэнком Шульцом – миллиардером с Уолл-Стрит, сколотившим баснословное состояние на спекуляциях акциями.

– Говорю тебе, Папс, я хочу, чтобы эту клинику сравняли с землей. – сказал Шульц. – Мое новое сердце было частью нашей сделки – самой важной частью! Разве ты не понимаешь, что происходит? Если мы продолжим наши операции, то я могу потерять все! Ты слышишь меня? Я хочу, чтобы никто и никогда не узнал о том, где я его заполучил и каким образом мне это удалось. И я готов взять на себя все расходы, лишь бы мое требование было исполнено. Тебе это понятно? Поверь, мы найдем для себя новый источник!

– Да, сэр, я понимаю, – сказал Папс. – Но мы только наладили процесс и начали зарабатывать деньги – несколько надежных людей даже отдали свои жизни за успех этого предприятия. К тому же, каким образом я должен прекратить работу украинской больницы, если работа проходит при посредничестве наших партнеров? Для этого необходимо немало денег.

– Это уже твои проблемы, Самсон, – грубо прервал его Шульц. – Я вознагражу тебя за заботы, но не советую обольщаться. А что касается остального... Папс, тебе нравится твой новый офис? Тебе не кажется, что я о тебе неплохо позаботился, не правда ли?

– Фрэнк, я ценю нашу дружбу. Когда ты захотел закрыть производство в Ираке, мы это сделали безоговорочно. Ты торопил события, и мы исполнили твои требования, невзирая на то, что были на волоске от провала. Нам крупно повезло, Фрэнк. Но мы уже нашли новый источник. Да, это стоило жизней нескольким хорошим ребятам, мы потеряли год и десять миллионов долларов... – Шульц оборвал тираду Папса, тот резко замолчал и стал выслушивать порицания Шульца. Внутри у Папса закипали эмоции. – Фрэнк, ты просишь меня уничтожить золотую жилу. Позволь объяснить тебе кое-что...

Шульц его снова перебил, но вскоре Папс, взяв себя в руки, продолжил:

– Ладно, я понял вас. Но допустим, что через месяц ваше новое сердце откажет: операция была не так давно, и еще есть вероятность того, что ваш организм отторгнет новый орган. Что вы собираетесь делать в таком случае?

Он закрыл глаза, вынул носовой платок из кармана и вытер им выступивший на лбу пот.

– Ладно, пусть будет как есть. Но уничтожение этой больницы будет стоить вам пять миллионов сейчас и еще пять после выполнения работы. Я пришлю вам новые реквизиты для обеих транзакций.

Папс снова замолчал, чтобы выслушать очередные указания Шульца, а затем сказал:

– Не будет никакой огласки в прессе или каких-либо следов. Мы сделаем все чисто: заплатим нужным людям, и все будет выглядеть так, будто украинские или российские солдаты варварски уничтожили очередную больницу.

Он замолк.

– Благодарю, сэр. Всего доброго. Да, Фрэнк. Спасибо.

Папс положил мобильный телефон, встал из-за стола и начал ходить взад-вперед по комнате, как зверь в клетке. Ему не удавалось сразу же выстроить в голове план дальнейших действий. Затем Папс остановился, взглянул на панораму, открывающуюся из окна его офиса, и едва заметно ухмыльнулся. Он отошел от окна, нагнулся над столом, взял чистый лист бумаги, написал на нем что-то и положил его в простую желтую папку, сделанную из картона. Сделав это, он нажал кнопку на аппарате внутренней телефонной связи:

— Давидсон, зайди ко мне, пожалуйста.

Через несколько секунд раздался стук в дверь, который прервал поток мыслей в голове Папса. Вошел Крис Давидсон — стройный брюнет с приятными чертами лица и хорошими манерами. На вид ему было около сорока лет. Папс указал агенту на кресло, которое стояло напротив рабочего стола.

— Спасибо, сэр, — сказал Давидсон, присаживаясь.

— Ладно, Давидсон, дело обстоит следующим образом: мы только что получили достоверную информацию, касающуюся больницы в Украине. Если быть более точным, это небольшая клиника, в которую привозят повстанцев. Наш источник сообщает, что на территории этой больницы занимаются разработкой и испытанием биологического оружия.

Папс положил руку на желтую папку с информацией, которая лежала посреди стола.

Давидсон с недоумением взглянул на папку и затем на своего начальника, изображая вопрос на своем лице.

— Сэр, почему я об этом не знал, — с продолжительной паузой спросил он.

— Понимаю, агент Давидсон. Мне это тоже не по душе. Но информация поступила к нам с самых верхов — нам необходимо было придерживаться протокола уровней секретности.

Давидсон заерзал на стуле, по мере того как голос Папса становился более серьезным.

— Мне этот вопрос тоже не дает покоя. Но данный проект носит очень деликатный характер, и потому мы не должны оставить никаких зацепок. Ты понимаешь меня, Крис? Нам нужно найти молодого агента ЦРУ или бывшего спецназовца с украинскими или российскими корнями. Он должен быть компетентным, но в то же время, он не должен иметь семьи или родственников, — Папс на мгновение умолк.

– Сэр? – Крис все еще до конца не был уверен в том, куда клонит его босс, но знал, что это дело ему уже не нравится.

– Лаборатория может быть заражена, нам необходимо разработать запасной план, – Папс придвинулся ближе к столу и заглянул в свой ежедневник.

– Я хочу встретиться с агентом Милтоном Дюрантом сегодня в пять вечера. Найди его для меня, пожалуйста.

– Слушаюсь, сэр, – ответил Давидсон, поднимаясь со стула.

– Спасибо, Крис. Можешь идти.

Выходя из кабинета, Давидсон бросил пытливый взгляд на желтую папку, которая показалась ему слишком тонкой для такой серьезной операции, в которой должны были бы содержаться тонны собранной информации.

Папс поймал взгляд Давидсона.

– Агент, – сказал Папс, не раздумывая, – иногда решения о подобных экстренных миссиях должны приниматься высшим руководством, а нам лишь остается уповать на то, что мы делаем все от нас зависящее ради безопасности нашего народа.

Папс давно понял, как вербовать сотрудников, не прибегая непосредственно к вербовке. Все хотят быть чистенькими и не отвечать ни за что. Но тогда у Давидсона есть два выхода: возразить сразу и потенциально погубить свою карьеру или заткнуться и не задавать лишних вопросов. Возражать своему босу, не зная всех деталей, было, по крайней мере, глупо. Отказываться выполнять приказ – тоже не выход. Но согласиться с Папсом означало стать частью команды. В агентстве так было всегда: если ты выполняешь приказание начальника, то следуешь протоколу, и если ты ничего криминального или проблематичного не знаешь, тебя не в чем упрекнуть. Поэтому ключ к выживанию и успешной карьере был простой – задавать как можно меньше сложных и хитроумных вопросов.

– Я все понимаю, сэр, – сказал Давидсон и вышел из кабинета, хлопнув дверью.

Глава 5
Милтон -друг!

———————————+———————————

В Лос-Анжелесе есть немало ирландских пабов, но вот найти среди них по-настоящему хороший – это задача не из легких. Одно из таких заведений, которое достойно внимания, находится на пересечении улиц Вудмана и Бурбанка, недалеко от съезда с шоссе 101. Оно носит название «Еда и выпивка у О'Доннелла» и является точной копией своего тезки, который находится в Дублине. Владеет этим пабом на протяжении нескольких десятилетий одна и та же семья. Деревянные скамейки, столы, барная стойка, стулья и даже орнаменты, украшающие стены, были импортированы из Ирландии.

Майкл сидел у бара, перед ним стояла пара пустых бутылок из-под пива. Осушив очередную бутылку, он окинул взглядом барную стойку, высматривая бармена. Как только тот обратил на него внимание, Майкл поднял пустую бутылку и помахал ею перед его лицом.

– Еще одну, – сказал он.

Беккер был погружен в мысли о Стефани, когда его телефон начал внезапно жужжать – с неизвестного номера пришло текстовое сообщение. На экране предварительного просмотра можно было прочитать только часть сообщения: «Эй, братишка! Это твой братишка от др…» – текст на этом месте обрывался.

Беккер ввел свой пароль и открыл панель сообщений, где прочитал то, о чем он и так догадывался. Ему писал Милтон: «Эй, братишка! Это твой братишка от другого папишки! Где, черт побери, тебя носит? Керри сказала, что ты заходил, и передала мне этот номер. Куда ты подался? Дай угадаю, выбрался в город и хлещешь эту мочу, которую называют американским пивом? У О'Доннелла? Да, думаю, именно там».

Читая сообщение, Беккер усмехнулся про себя: «Старина Милтон даже в текстовых сообщениях остается болтуном». Майкл начал было писать ответ, но взбесился от того, что ему приходилось постоянно стирать и заново набирать текст: «*Я не умею печатать и точка. Но пытаться набрать что-то на этой проклятой миниатюрной клавиатуре – это нечто непостижимое, это гораздо сложнее, чем сломать кому-то челюсть*». Бросив тщетные попытки напечатать правильную букву, Майкл просто набрал: «Да, у О'Доннела», и отправил сообщение. Милтон ответил: «Как всегда». И дальше пошли сообщения в духе: «Скоро буду, пива мне оставь», «Я уже у входа», «Да пошел ты, болван!» – и прочая обычная мужская чушь. Не видишь друг друга на протяжении нескольких месяцев, а иногда и лет, но первое, о чем хочешь спросить при встрече: «На какой тачке сейчас ездишь? Смотрел ли ты матч вчера вечером?»

Внезапно на барный стул возле Майкла, плюхнулся небрежно одетый мужчина лет тридцати. Майкл повернулся к новому соседу с улыбкой на лице, встал и они обнялись, похлопывая друг друга по спине с той неуклюжестью, которая свойственна мужчинам при встрече.

– Милтон! Брат! Как ты поживаешь, черт тебя дери? Давай выпьем пивка! – произнес нараспев Майкл, поворачиваясь к бармену.

– Дай две бутылки, – сказал он ему.

– Как ты, Майкл? – спросил Милтон. – Жаль, что ты не застал меня тогда дома, у меня были кое-какие дела.

Он бросил взгляд на три пустые бутылки, стоящие перед Майклом.

– Давненько уже здесь сидишь, дружище?

– Около часа, – ответил Майкл, поворачиваясь на барном стуле так, чтобы сидеть лицом к лицу со своим другом.

– Где Стефани? – его вопрос прозвучал скорее как требование.

Милтон собирался было ответить, но тут к ним подошел бармен и поставил на стойку две бутылки пива.

– Спасибо, – сказал ему Милтон, затем взял одну из бутылок и стал пить большими глотками.

Майкл пристально смотрел на него.

– Милтон, где она? Я хочу знать. Немедленно.

Милтон поставил бутылку и начал крутить ее между большим и указательным пальцами.

– Я не знаю. Она просто взяла и уехала около трех месяцев тому назад, оставив лишь конверт, который адресован тебе, – он поднял глаза и посмотрел на друга.

– Где он?

Милтон полез в карман куртки, вытащил оттуда нераспечатанный конверт и протянул Майклу.

– Пойдем сядем в кабинке, – предложил Милтон, беря свою бутылку. Затем он повернулся и сказал бармену:

– Еще два пива, пожалуйста. Мы в кабинке.

Майкл встал со стула и направился к пустой кабинке, не отрывая при этом взгляда от конверта. Милтон последовал за ним, и они уселись на свободных местах.

– Ты собираешься читать письмо или так и будешь пялиться на свое имя на конверте? – спросил Милтон, подсовывая полную бутылку пива своему другу.

Майкл оторвал верх конверта, вынул письмо, раскрыл его и начал читать.

Дорогой Майкл,

Тебе, наверное, не дает покоя вопрос о том, куда я подевалась. Ведь я обычно была дома, ожидая, когда ты войдешь в дверь и твсе лицо снова озарится от радости. Извини, что на этэт раз так не вышло. По правде говоря, я – трусиха. Мне невыносима была мысль о том, что придется тебе говорить об этом в лицо: не хотела смотреть на страдания человека, которого всегда любила. Прости, я встретила другого мужчину. Знай, что я никогда не желала причинить тебе боль, но я просто не могла ждать тебя так долго. Проклятие, я не была уверена, что ты вообще когда-нибудь вернешься.

Пусть это не мешает тебе жить своей жизнью, забыть прошлое и найти ту, которая сделает тебя счастливым, – ты этого заслуживаешь. Очень прошу, не пытайся меня разыскать – так будет лучше.

Майкл, я всегда буду тебя любить.

С любовью
Стефани

Майкл перевернул лист бумаги, на котором было написано письмо, и увидел, что к обратной стороне приклеен еще один маленький конверт. Он оторвал его, положил письмо, разорвал конверт и вытряхнул его содержимое. На стол упало кольцо, которое символизировало их дружбу со Стефани. Майкл поднял его, покрутил в пальцах, а затем взял бутылку пива и осушил за несколько глотков.

В этот момент к кабинке подошел бармен и поставил на стол еще две бутылки.

– Принесешь потом еще, – сказал ему Майкл.

– Знаете, я вам не официантка, – ответил тот, смотря на солдата сверху вниз.

Майкл поднял взгляд на бармена, прищурил глаза и зарычал, скрипя зубами.

Чувствуя, что его друг вот-вот сорвется, Милтон сказал:

– Эй, Майкл! Что она написала? Я бы тоже не прочь узнать, куда она запропастилась.

Бармен удалился, не желая дальше накалять ситуацию. Майкл повернулся к Милтону.

– Читай сколько угодно.

Пока Милтон читал письмо, написанное сестрой, Майкл влил в себя еще одну бутылку пива.

– Мне очень жаль, я и не догадывался об этом, – сказал Милтон своему другу с мрачным выражением лица.

– Она мне ничего толком не объяснила: только сказала, что уезжает, не уточнив куда, и попросила передать тебе это письмо, когда ты вернешься домой.

Он разочарованно покачал головой.

– Я даже не догадывался, что она нашла себе кого-то другого. Для меня это полная неожиданность, думал, что она просто хочет сменить обстановку и через некоторое время со мной свяжется. Мне жаль, дружище. Я думал, что вы всегда будете вместе.

Милтон повернулся и встал с лавки.

– Я принесу еще выпить, – сказал он, направляясь к бару.

Майкл поднял кольцо и начал рассматривать его, перекатывая между пальцами. В голове у него всплыли воспоминания о том злополучном турнире по карате.

---◆---

Это был финальный бой, и Майкл находился в центре татами. Его оппонентом был боец из соседнего додзе – тот, у которого была плохая репутация.

Будучи полностью уверенным в себе, Майкл подпрыгнул вверх, собираясь сделать свой любимый прием – удар ногой с разворота в челюсть. Но в этот момент противник пригнулся... Майкл приземлился на ноги, но тут же был сбит подсечкой. Противник так сильно ударил его по ноге, что некоторые зрители услышали нехарактерный хруст.

Судья подбежал к Майклу, который лежал на полу и корчился от боли. Он встал на колени и осмотрел ногу – было похоже, что она-таки сломана. Стефани и Милтон мчались к своему другу – за ними следовали санитары с каталкой. Все еще пребывая в шоковом состоянии, Стефани обхватила его руками и начала рыдать. Санитары аккуратно подняли Майкла, усадили в каталку и повезли к машине скорой помощи, которая стояла неподалеку.

---◆---

Майкл потряс головой, пытаясь избавиться от неприятных воспоминаний. В это время в кабинку вошел Милтон с подносом в руках, на котором стояло шесть бутылок пива, и поставил его на стол. Затем он уселся на скамейку и сделал глоток из ближайшей бутылки.

– Что же, расскажи, как у тебя дела и когда ты возвращаешься? – спросил Милтон.

– Куда возвращаюсь?

– В Ирак.

– Я не вернусь туда.

– Почему это?

– Это длинная история.

Милтон пододвинулся поближе и сказал:

– А ты попробуй, расскажи!

– Я мог бы, но я пока не готов об этом говорить. Так что не настаивай.

– Ладно.

Через полчаса, которые они провели в молчании, Милтон сходил к бару и принес еще один поднос с пивом. Майкл как раз опустошил очередную бутылку – к тому времени он уже был нешуточно пьян.

– Вот рискуешь жизнью ради своей страны, – начал говорить Беккер, – а в ответ они к тебе как относятся? Как к ничтожеству!

– Ты это о чем говоришь?

– Об армии, о спецназе, об Ираке, о сомнительных сделках с подонками.

– Как будто я об этом не знаю, – сказал Милтон. – Так расскажи, что с тобой случилось?

Майкл сделал еще один глоток, чтобы смочить губы, и взял со стола следующую бутылку.

– Когда я был на последней ходке в Ирак. Ты ведь там был в то же время, что и я, не так ли?

Милтон кивнул.

– Я был прикреплен к американского подрядчику, там был еще иракский подрядчик, мы должны были встретиться с другими иракским подрядчиками, чтобы обсудить дело, касающееся буровой вышки или еще чего-то. Ты и сам знаешь, насколько там все запутанно. Эти подрядчики должны были договориться касательно взятки за это строительство. Короче говоря, я точно не знаю, что они собирались обсуждать.

– Не волнуйся, я все понял, – прервал его Милтон и понимающе кивнул. – В подобных встречах нет ничего предосудительного – я сам иногда принимал в них участие, – сказал он, продолжая кивать головой.

Майкл взял в руки бутылку и допил ее.

– Что-то пошло не так. Началась стрельба, и меня ранили в плечо. Затем прогремел взрыв. Очнувшись в больнице, я узнал, что я единственный, кто выжил. Кроме того, мне сообщили, что на месте взрыва были обнаружены тела невинных гражданских. Меня посадили за решетку, а затем уволили из армии с лишением прав и привилегий.

– Я слышал о взрыве в ресторане, но не знал, что ты в этом замешан.

– Позволь мне рассказать еще кое-что, – сказал Майкл. – Все это выдумки. Когда мы вошли в ресторан, там не было людей. Но нет же, они решили, что я виноват в том, что произошел этот взрыв, в результате которого погибли невинные люди. Мне не разрешали позвонить ни тебе, ни кому-либо другому. Где же ты был, когда мне так нужна была помощь?

– Майк, я же не знал об этом, – сказал Милтон и впал в задумчивость. – Но ведь и не скажешь, что мы с тобой болтали каждый день по нескольку часов, мы ведь могли месяцами не общаться. Тем не менее мне жаль... очень жаль...

Сказав это, Милтон помолчал немного, а затем спросил:

– Так что же случилось?

– Все ни к черту. Но это уже не важно. Суть в том, что меня подставили – Папс помог мне выпутаться из этой ситуации. Если бы не он, то военный суд нашел бы повод, чтобы наказать «паршивую овцу» в назидание другим.

Майкл поставил полупустую бутылку на стол, закрыл руками лицо и затем медленно обхватил ими голову.

– Слушай... Ты уж прости за то, что выместил все на тебе, но мне нужна помощь, дружище. Стефани бы знала, как следует поступить в этой ситуации, и я уверен, что ты желаешь мне добра. По крайней мере, мне хочется так думать. Нет, я знаю, что ты мой *брат-близнец*. Конечно же, ты не лучший вариант из нас двоих, – Майкл сделал попытку пошутить и даже изобразил на лице улыбку, но затем умолк и снова стал серьезным:

– Но вот она! У тебя хоть есть я! – речь Майкла с каждой минутой становилась все более бессвязной.

– Да-да, как тебе будет угодно... О... как тебе такой мотивчик: «Наш Майкл, ты самый лучший, самый умный,такой белый и нежный». И мы ведь знаем, кто его наигрывает.

Они оба рассмеялись и затем Милтон сказал:

– Давай поговорим серьезно: тебе нужно взять себя в руки, чем-то заняться или ты сойдешь с ума. Ты можешь найти полезное применение своим боевым навыкам. Буквально вчера один мой кореш спрашивал, нет ли у меня на примете человека с опытом службы в армии, которого бы заинтересовала работа специалистом в области безопасности.

Майкл ожесточенно затряс головой.

– Нуууу уж НЕТ! Я только вернулся в лоно цивилизации из Ирака, тут оказалось, что Стефани меня бросила, – я не могу понять, что происходит и что мне делать дальше.

Казалось, что он начинал достаточно быстро трезветь.

– Мне нужно время... Чтобы адаптироваться. Чего я меньше сейчас всего хочу, так это совершить самоубийство, ментально вернувшись на Ближний Восток!

– Какая к черту адаптация? К чему ты собираешься адаптироваться? – парировал Милтон. – Послушай, никто не отменял необходимости платить за еду и кабельное телевидение, разве не так? Я говорю о том, что если тебе подвернулась возможность устроиться на работу, ты должен ее использовать. Или кто-то другой это сделает вместо тебя. Это неплохой шанс. Хотя это всего лишь мое личное мнение. Мне нужно уходить, – сказал он, вставая со скамейки.

Милтон помахал бармену.

– Не могли бы вы вызвать такси для моего друга?

Бармен кивнул и сразу же снял трубку телефона.

Милтон повернулся к Майклу.

– Хочешь услышать последние напутственные слова? Поступай, как знаешь, герой. Я буду получать пенсию, а ты – дырку от бублика. По крайней мере, ты мог бы поинтересоваться этой работой и затем отказаться. И почему это я должен тебя упрашивать, как будто я с этого получу комиссионные, а? – сказал Милтон и повернулся, чтобы уйти.

– Ладно-ладно, – сказал ему вслед Майкл.

Милтон обернулся.

– Что ладно?

– Ладно, я схожу на собеседование. Ты прав! Будь добр, договорись о встрече завтра, в любое удобное время. И пошли себе «Привет» с этого куска дерьма. Я кажется стер наш текстовой разговор и твой номер, – Майкл протянул Милтону свой мобильный телефон.

– Хорошо, – ответил тот и отправил текстовое сообщение себе на телефон.

– Вот и славно, – сказал Майкл и улыбнулся. – Договорились. Спасибо, брат!

Майкл выбрался из кабинки, его все еще немного шатало, но на ногах держаться он мог. Милтон посмотрел на него, а затем обнял.

– Иди домой и отдохни, – сказал он, после того как они пожали друг другу руки.

Удостоверившись, что Майкл скрылся из виду, направившись к ожидавшему его такси, Милтон достал свой мобильный телефон и набрал номер. Как только он услышал голос в трубке, то сразу же сказал:

– Он согласен. Назначьте, пожалуйста, встречу на завтра, скажем, на два часа дня.

Затем Милтон положил телефон обратно в карман и вернулся в паб.

Бармен пристально смотрел на Милтона, когда тот заходил обратно в помещение. Усевшись на стул прямо напротив бармена, Милтон сказал:

– Налей мне... две рюмки водки. Да не смотри ты на меня, как Иисус с креста! «Столичная» безо льда сгодится.

Милтон покачал головой и опрокинул обе рюмки, чувствуя при этом отвращение то ли от горечи напитка, то ли от самого себя. Заплатив, он вышел из паба.

———— ✦ ————

На следующее утро Милтон позвонил Майклу.

– Эй, чемпион... запиши адрес.

– Это в *Южно-Центральном районе*? – спросил Майкл, намекая на то, что у него хорошее настроение. «Южно-Центральный» было жаргонное название бедного и чрезвычайно криминального квартала Лос-Анжелеса, в котором жили преимущественно афро-американцы.

– Ха-ха, очень смешно, – ответил Милтон с сарказмом, которым было пропитано каждое его слово. – Просто запиши адрес. Или подожди, адрес я тебе сейчас сброшу. Это контора в районе Сенчури Сити. У них там открыта вакансия специалиста по обеспечению особой безопасности. Как я уже говорил, им нужен человек с опытом службы в армии. Ты можешь им подойти.

Майкл увидел адрес на своем телефоне и спросил:

– На пятнадцатом этаже? Хорошо. В 14-00? Ладно, дружище. Спасибо.

Глава 6
Фатальное собеседование

Когда Майкл подошел к центральной двери офисного здания, он слегка присвистнул от удивления – оно никоим образом не походило на обычное строение на задворках: два соединенные между собой здания-близнеца, довольно высокие и вызывающие уважение. На входе стояли автоматические стеклянные двери, внутри все стены были обшиты нержавеющей сталью, пол мраморный , у входа располагался пункт охраны, и везде царила ничем не нарушаемая тишина и спокойное деловое движение – все это производило сильное впечатление. Несмотря на то что фасад здания был строгим и деловым, располагающим к спокойствию и внушающим определенное доверие, что-то все же смутило Беккера, а точнее, профессиональные навыки все равно дали о себе знать: открытое пространство, постоянное движение, отражения и много света в глаза со всех сторон. Беккер инстинктивно потянулся к тому месту, где должен висеть пистолет и почувствовал себя мучительно голым. Он окинул взглядом двух мужчин, сидевших за столом пункта охраны, и моментально сделал вывод, что они не представляют практически никакой угрозы. В фойе работали четыре беспроводные камеры наблюдения, которые, наверное, передавали изображение в режиме реального времени. *«Неплохо, но не впечатляюще»*. Майкл подумал и о том, что используемые здесь идентификационные пропуска выглядят более совершенными чем те, которые ему приходилось видеть раньше. Скорее всего, они предоставляют доступ в приватные места этого здания, куда вход разрешен только служащим, одновременно они дают возможность отслеживать, кто, куда и когда входил, сколько раз открывались двери и т. д. Довольный тем, что это не какая-то заурядная контора, Майкл Беккер проследовал дальше с большей уверенностью.

Он подошел к лифтам и нажал кнопку «вверх». На часах было 13:45, и большинство работников уже вернулись с обеда. Рядом с Майклом находились лишь три человека, включая курьера, которые ждали, когда откроются двери ближайшего лифта. Доехав до пятнадцатого этажа, Майкл вышел из лифта и оказался в коридоре с заурядным скоплением офисов. Он посмотрел на указатель в поисках кабинета под номером 1509 и обнаружил, что это офис компании «Сенчури Парк Топ Секьюрити Инкорпорейтед». Майкл отметил про себя: табличка этой компании выглядит более новой, чем остальные. Он опять взглянул на часы – у него в запасе еще было десять минут. В приемной, частично спрятавшись от взора посетителей, за высоким столом сидела красивая брюнетка с удивительными глазами изумрудного цвета, очевидно, исполнявшая обязанности секретаря. Она спросила у Майкла, назначена ли ему встреча.

– Да. Я пришел, чтобы встретиться с мистером Дэвисом. Он сказал, что будет ждать меня во втором часу дня.

– Как ваше имя, сэр?

– Майкл Беккер.

– Прошу вас, присаживайтесь, мистер Беккер, – сказала секретарша, кивая в направлении дивана и скопления кресел, стоявших в углу большой приемной. Я уведомлю мистера Дэвиса, что вы уже здесь.

Майкл развернулся и направился к одному из удобных кресел. Он окинул взглядом экстравагантную цветовую палитру этого помещения: смесь коричневого, оранжевого и светло-зеленого цветов. Все это дополнялось элементами декора из нержавеющей стали и обрамленными картинами. Напротив него сидел охранник с газетой в руках. *«Вооруженный охранник с газетой в руках, серьезно? Это какая-то показуха, что ли? – подумал Майкл. – Здесь нет ничего, что требовалось бы охранять с помощью оружия, кроме этих зеленых глаз».* Майкла одолевало любопытство и, так как ему нечем было заняться, он решил изучить лицо охранника с целью узнать, является ли он бывшим военным или гражданским, но газета мешала ему это сделать. Через несколько минут обладательница зеленых глаз сказала Майклу:

– Мистер Дэвис готов вас принять.

Зайдя в офис, Майкл подошел к рабочему столу мистера Дэвиса, который держал перед собой открытую папку. Это был мужчина крупного телосложения, с лысой головой и красноватым лицом – во всей его внешности улавливалось нечто звероподобное. Он напоминал Майклу строителя, видавшего немало морозных зим, который висит на краю мостков, прикрепившись к ним предохранительным поясом. Дэвис был погружен в изучение резюме.

Окончив читать, он поднял свой взор на Майкла.

– Мистер Беккер, вы произвели на меня впечатление. Кроме того, вы служили в Ираке! Вижу, что у вас было три периода службы в этой стране. И как там было? Но вы присаживайтесь, – сказал он, указывая на один из стульев, стоявших перед его столом.

– Ну, это была работа, – ответил Майкл, усаживаясь напротив Дэвиса, – обычная работа военного характера, наверное. Но сам Ирак и ситуация, в которой я там находился, было нечто другое. Но не такое, о чем бы можно было написать родным домой.

– Да, так и есть. Я и сам в этом немного поучаствовал.

Майкл поднял брови от удивления. Он скрестил ноги и спросил как можно более непринужденно:

– Вы были в Ираке?

– Да, я участвовал в трех кампаниях. Но в конце концов я устал от крови, хаоса, жары и пыли. Решил, что лучше бросить это занятие до того, как оно окончательно сведет меня с ума, – сказал Дэвис и задумчиво помолчал, откинувшись на спинку кресла.

– Скажите мне, почему вы не остались в армии? Вы ведь отслужили немало лет. Даже претендовали на получение «Пурпурного сердца», разве не так?

Именно этого Майкл и боялся, хотя знал, что рано или поздно придется рассказать об обстоятельствах, при которых его уволили из армии. Если бы он включил эту информацию в свое резюме, то не видать ему даже этого собеседования, не говоря уже о работе. Майкл хотел рассказать о происшествии, в результате которого его уволили из армии, в ходе разговора с глазу на глаз, но теперь он чувствовал, что не готов об этом поведать – даже не мог придумать, в какую форму следует облечь этот рассказ. Единственная надежда на спасение заключалась в том, что Дэвис и сам был военным, служившим в Ираке: он знал, что представляет собой это место, – ад на Земле. Можно было надеяться, всего лишь надеяться на то, что он войдет в его положение.

Майкл немного откинулся на спинку стула и сказал:

– Это долгая история, сэр.

– А у меня как раз есть время ее послушать, мистер Беккер.

– Это не имеет никакого значения, – упирался Майкл, пытаясь избежать неизбежного.

– Мистер Беккер, позвольте мне решать, что имеет значение, а что не имеет. Мы готовы платить большие деньги лучшим людям, в нашем деле нет «долгих историй, которые не имеют значения». Рассказывайте, что там произошло.

Майкл пребывал в нерешительности.

– Меня обвинили в гибели гражданских и уволили из армии с лишением всех прав и привилегий.

– Ух ты! Это будет посерьезнее, чем просто «долгая история», мистер Беккер.

Дэвис подался вперед и положил руки на край стола.

– Позвольте спросить: кто же мог обвинить вас в убийстве в то время как в стране, по сути, все еще шла война? Вас стали преследовать мертвецы?

На лице Дэвиса заиграла издевательская улыбка.

— В одном из ресторанов произошел взрыв. Меня подставили. Не думаю, что это является хотя бы малейшим поводом для шуток, сэр!

— Вы правы, мистер Беккер. Ваш рассказ может вызвать лишь грусть и сочувствие по отношению к семьям убитых вами людей! Это произошло год назад в ресторане, который был расположен в восточной части Багдада, разве не так? Теперь я припоминаю! И ваше имя припоминаю! Солдат не стреляет в гражданских! — Дэвис начинал приходить в ярость. — Мы воюем с экстремистами, радикалами, повстанцами и другими чокнутыми идиотами, которым взбрело в голову, что они могут завоевать весь мир, а ты начинаешь стрелять во всех без разбора? В гражданских? О чем ты только думал?

Майкл был шокирован столь внезапным изменением настроения и тона Дэвиса, но решил, что следует сохранять спокойствие, хотя внутри у него все уже начало закипать.

Он возразил:

— Я ведь сказал, что меня *обвинили* в убийстве иракских гражданских, но ведь в действительности я ни в кого не *стрелял*.

— Не рассказывай мне эту чепуху! Тебя видели в кафе. Может, ты и не стрелял, но мощный взрыв произошел из-за тебя, по твоей вине погибло и было искалечено множество ни в чем не повинных женщин и детей, черт тебя побери! Подорвал всех и вся к чертям собачьим! Ты опозорил мундир! — он ударил кулаком по столу и поднялся. — И у тебя еще хватило наглости заявиться в мой офис и просить нанять тебя на работу. Ты в своем уме? Надо же быть таким тупым, чтобы подумать, что я возьму на работу такого подонка! Пошел вон из моего офиса!

Майкл вскочил настолько резко, что стул, на котором он сидел, упал на пол.

— Я же сказал тебе, ублюдок, что я не стрелял в гражданских. И мне не нужна твоя работа, и уж тем более я не позволю, чтобы такое дерьмо, как ты, мною командовало.

Дэвис обогнул стол и приблизился к взбешенному Беккеру. В этот момент в дверь ворвался охранник, встревоженный поднявшимся шумом.

– Вам чем-то помочь, сэр?

Не отрывая взгляда от Майкла, Дэвис ответил ему:

– Не сейчас, Джим. Спасибо.

Майкл, который тяжело дышал от переполнявшей его злобы, сказал:

– Задержись еще немного, Джим. Если твой начальник отпустит еще одно гнусное замечание в мой адрес, то ему однозначно потребуется помощь и еще звонок в службу 911!

Дэвис рассмеялся.

– У тебя кишка тонка, убийца!

Майкл уже было занес руку, чтобы ударить Дэвиса, но в этот момент охранник выхватил свой пистолет и направил его на бывшего солдата. Это было очень глупое решение: Беккер непревзойденно умел обезоруживать своих противников. Заметив угрозу, он сделал резкое движение в сторону от направления пистолета и уже начал выхватывать его из рук охранника, как вдруг прогремел выстрел. Майкл стоял посреди комнаты с оружием в руках, смотря в недоумении на ситуацию, которая разворачивалась, как в замедленной съемке, перед его глазами. Дэвис упал на пол и лежал не двигаясь – из его груди хлестала кровь. Охранник упал на колени, вскинул вверх руки и начал вопить:

– Вызовите полицию! Позвоните в полицию!

Майкл бросил пистолет на пол и стремглав вылетел из офиса. Напуганная стрельбой секретарша лишь проводила его взглядом. Беккер сбежал вниз по лестнице и оказался на улице. Как только за его спиной захлопнулась дверь лестничного хода, он сделал глубокий вздох и помчался к близлежащей поперечной улице.

Майкл не мог поверить в то, что только что произошло. Он свистнул такси и сказал водителю, чтобы тот ехал по адресу, где жил Милтон. Сидя на заднем сиденье такси, Беккер спросил себя: как могло случиться так, что он выстрелил в Дэвиса? Где в его технике перехвата оружия произошла ошибка? Он снова и снова воспроизводил в своей голове это событие, но все никак не мог найти убедительное объяснение тому, как в разгар потасовки пистолет выстрелил столь легко, и как несостоявшийся удар в челюсть внезапно привел к непредумышленному убийству.

Как только такси остановилось у дома Милтона, Майкл практически выпрыгнул из автомобиля. Расплатившись с водителем, он помчался вверх по лестнице и начал колотить кулаками в дверь квартиры, где жил Милтон.

Милтон отворил дверь. Он был явно озадачен тем, что увидел Майкла таким запыхавшимся, вспотевшим и изможденным.

– Какого...? – наконец-то смог выдавить из себя Милтон.

– Я расскажу тебе, в чем дело, если ты пустишь меня внутрь, – сказал Майкл и протиснулся в квартиру, зашел в гостиную и рухнул на диван.

Милтон пошел на кухню и принес оттуда две бутылки пива. Он поставил одну из них перед Майклом. Тот взглянул на него, а потом взял бутылку, открыл ее и сделал глоток.

Милтон сел напротив него, открыл свою бутылку, хорошенько к ней приложился и затем спросил:

– Что случилось? Ты ходил на собеседование к мистеру Дэвису?

Майкл кивнул. Его руки лежали на коленях, но тело продолжало дрожать.

– Я не понимаю, что произошло, Милтон. Мы мило беседовали с ним вначале, но через мгновение я уже был готов избить его за то, что он вдруг начал обвинять меня в убийстве гражданских лиц. Тут у меня в руках оказывается пистолет, который я отобрал у охранника. Раздается выстрел, и Дэвис упал на пол.

– Проклятие! Черт-черт! Ты убил его? Майкл, ты убил его, мать твою? Это ведь должна была быть обычная встреча – почему же все пошло не так? Да что с тобой такое? – разнервничался Милтон ,у него на лбу вздулась вена. Поставив бутылку с пивом на стол, Милтон начал расхаживать по квартире, как заключенный, перед тем как его усадят на электрический стул.

Майкл становился очень напряженным. Он буквально прорычал:

– Пошел ты, Милтон. Я шел туда спокойным и собранным. Собирался рассказать свою историю – надеялся, что он меня поймет. А вместо этого услышал, что я – убийца. И после этого все пошло наперекосяк. Но тебе этого не понять, тебя ведь никогда ни в чем не обвиняли! Пошел ты! Да ты хоть знаешь, как выглядит танк извне?

Милтон бросал на Майкла гневные взгляды. Оба встали в боевую стойку и приготовились к бою – подобного они не делали даже когда ходили на секцию карате. Но сейчас они стояли лицом к лицу – брат против брата. Милтон со вздохом опустил кулаки – Майкл сделал то же самое.

– Это моя вина, брат. Не следовало тебя посылать в это волчье логово, – сказал Милтон, покачав головой, взяв бутылку пива и сделав еще один глоток. – Я просто хотел помочь тебе, Майкл. Прости меня, дружище.

– Откуда же ты мог знать. Этого не может быть! Это невероятно. Что бы я ни делал, *кругом меня подстерегает неудача.* Иду в ресторан – он взрывается. Отправляюсь на собеседование – выстреливает пистолет. Все ни к черту! Этого не может быть. Кто-то должен вытащить меня из этого кошмарного сна. Где же Стефани? Что-то здесь не чисто. Меня используют как пешку на шахматной доске, – он сделал паузу, чтобы допить пиво. – Что мне делать? Стефани не звонила? Милтон, что происходит? Мне нужна помощь. Проклятие, мне нужна помощь.

Майкл отдал пустую бутылку из-под пива Милтону и схватился за голову. Тот взял бутылку, поднялся и пошел на кухню, чтобы взять из холодильника еще две порции выпивки. Затем он вернулся, сел в кресло, протянул одно пиво Майклу и сказал:

– Давай позвоним Папсу. Он работает сейчас в офисе в Лос-Анжелесе.

Майкл ничего не ответил, он открыл бутылку и сделал очередной большой глоток.

– Думаю, что у меня нет особого выбора, – сказал он, ставя бутылку на стол. – Я ему, наверное, уже порядком надоел, звоню только, когда у меня проблемы.

Помолчав немного, Майкл спросил:

– Думаешь, Папс сможет помочь?

– Я не знаю, но давай попробуем позвонить.

Милтон взял телефон с приставного столика и подал Майклу трубку.

– Просто нажми кнопку «1» и «Прямой набор» – тебя немедленно соединят.

Майкл бросил на друга вопросительный взгляд. Затем он взял телефон и нажал кнопку «1» и «Прямая связь». Пока его соединяли, Майкл пристально смотрел на своего друга.

– Даррел Самсон, – отозвался голос в трубке.

Майкл помедлил: его удивило то, что Папс был у Милтона на «быстром наборе».

– Сэр, это Майкл Беккер, – наконец-то ответил он. – У вас есть свободная минутка?

– Конечно же. Добро пожаловать домой, солдат. Я знал, что ты где-то неподалеку, но как-то не получилось организовать вечеринку в честь твоего возвращения, – пошутил Папс.

Майкл не был уверен, как ему стоило воспринимать подобное приветствие. *Разве он забыл, что мне довелось пережить? Мы едем туда нормальными, а возвращаемся разбитыми на мелкие кусочки, а у него еще хватает наглости шутить?*

Стараясь не обращать внимания на легкомысленное поведение Папса, Майкл сказал:

– Сэр, у меня проблемы. Случился конфликт с одним парнем из охранной службы в Сенчури Сити. Короче говоря, их начальник мертв и я, наверное, его убил.

– Он мертв или ты, наверное, его убил? Какой из этих вариантов соответствует действительности?

Майкл не успел ответить, потому что Папс не умолкал.

– Кажется, ты так и норовишь во что-то вляпаться, солдат, – голос Папса звучал злобно. – Ладно, вот что я тебе скажу, сынок: скажи агенту Дюранту, чтобы он рассказал, где находится мой офис и приезжай сюда немедленно. Но сначала скажи мне адрес той конторы, а еще лучше, как она называется.

– Она находится в Восточном здании «близнецов» в Сэнчури Сити... Я могу дать вам точный адрес, но скажу сразу, что компания называется «Сенчури Парк Топ Секьюрити Инкорпорейтед». А того парня звали Дэвис.

– Мне не нужен адрес. Я дам распоряжение, мои люди выяснят, какая там сейчас ситуация. Если тебя арестуют до того, как ты попадешь ко мне, то затребуй адвоката, и ничего никому не говори до его прихода. Как скоро ты сможешь ко мне добраться?

– Через час, сэр, – сказал Майкл, думая о том, что ему понадобится гораздо больше часа, чтобы разобраться в происходящем ужасе.

– Хорошо, к тому времени я уже получу ответы на многие вопросы.

– Благодарю вас, сэр.

Папс повесил трубку, не удостоив Майкла ответом.

Выключив мобильный телефон, Майкл повернулся к Милтону, который безмятежно потягивал пиво. Он был в недоумении: почему Милтон, казалось бы, не особо переживал по поводу произошедшего. *«Агент Дюрант, –* подумал Майкл. – *Хотел бы я узнать побольше об этих «агентурных» делишках, но всему свое время.*

После ухода своего друга, Милтон отправился в туалет, чтобы вылить оставшееся пиво в унитаз, а может быть, и слить кое-что другое, например, чувство вины. Из-за совершенного поступка, ему было все труднее и труднее смотреть в зеркало, человек, которого он видел в отражении, вызывал у него омерзение. Невзирая на все таланты и перспективы, которые открывались перед ним в молодости, сейчас Милтону было мучительно трудно смириться с тем, каким человеком он стал и как ему приходится из кожи вон лезть, чтобы хранить втайне свои секреты. Мысли об этом немного вывели Милтона из себя, но он знал, в армейском уставе не прописаны инструкции по нытью из-за трудностей. Вместо этого он должен был, как гласит пословица, «собрать все силы в кулак и двигаться вперед». Оглядываться разрешалось лишь для того, чтобы напомнить себе о неприятностях, которые остались позади.

Через час Беккер приехал в офис ЦРУ, Папс его уже ждал.

И снова Майкла удивило то, каким беззаботным казался человек, который смотрел на него с другой стороны рабочего стола. *Или ему действительно все равно, или он уже достиг того положения в своей карьере, когда ему известны ответы на большинство вопросов?*

Не прибегая к обмену банальными любезностями, Папс сказал, указывая на стул:

– Присаживайся, Беккер.

Майкл сел и пристально посмотрел на своего собеседника.

– Я только что связался с Сенчури Сити: там сказали, что их генеральный директор Дэн Дэвис мертв и получил копию сводки из полиции.

Майкл покачал головой: он знал, что тот человек скончался от выстрела из пистолета – никто бы не выжил после прямого попадания в сердце.

– Сэр, если вы спросите меня о том, как это случилось, я отвечу, что не имею ни малейшего понятия. Такое впечатление, что пистолет выстрелил сам по себе и – Дэвис рухнул на пол.

– Да, твой рассказ почти полностью совпадает с тем, что написано в отчете полиции Лос-Анжелеса, за исключением того факта, что, по словам охранника, ты хладнокровно расстрелял Дэвиса.

Майкл склонил голову и положил руки себе на колени. Затем он снова поднял глаза и взглянул на Папса.

– Нет, сэр. На самом деле, все было совершенно по-другому. Пистолет сам выстрелил – это был несчастный случай. Я в этом уверен. Охранник наставил на меня пистолет, и я сделал движение, чтобы отобрать у него оружие. Уверяю вас, я не нажимал на курок. В противном случае, я просто сошел с ума.

– Ладно, был ли это несчастный случай или нет – ответственность понесешь ты. И если учесть историю в Ираке, то дела твои выглядят не слишком радужно.

Майкл смотрел на своего бывшего куратора.

– Не могу поверить в то, что это происходит на самом деле! Я, наверное, сплю – все похоже на какой-то кошмар, странный и ужасный сон.

Казалось, что Папс снова пришел в безмятежное расположение духа, он открыл перед Майклом папку и сказал:

– Сон это или нет, но если ты возьмешь себя в руки и позволишь мне сказать кое-что, то я смогу подсказать тебе решение. Я верю тебе! Повторюсь: я верю тебе и всегда верил. Мне плевать на показания охранника, у всех есть свои причины, чтобы врать. И я знал Дэвиса в Ираке, он был еще тем кадром.

Он замолчал, чтобы посмотреть на бумагу, которая находилась в папке.

– У меня есть *очень* важный и срочный проект, который будет как раз под стать твоему опыту и происхождению. По моей информации, ты родился на Украине, в деревне Лесовое, Донецкой области. Она находится всего в нескольких милях от того места, где нам предстоит кое-что сделать.

Он ухмыльнулся и пристально взглянул Майклу в лицо.

– Это единственный выход для тебя, солдат, – сказал он и закрыл папку.

Майкл выглядел несколько растерянным.

– У меня такое чувство, как будто я продолжаю выполнять то задание в ресторане. Я еще даже не оправился после взрыва: постоянно болит голова и приходится принимать лекарства – я не могу нормально мыслить и принимать решения. Со мной определенно что-то происходит.

– Послушай, Беккер. Если честно, то мне все равно, как ты себя чувствуешь, выспался ли ты, пил ли кофе или спал с женщиной. У меня есть задание на Украине, это вопрос государственной безопасности, и ты именно тот, кто нам нужен. Ты согласен работать вместе со мной или будешь и дальше рассказывать о своем самочувствии?

– И что же мне будет необходимо сделать?

– Позволь сказать вначале следующее: этот проект вполне осуществимый, и ты как нельзя лучше подходишь для его выполнения. Но самое главное: я смогу позаботиться о том, чтобы твои проблемы разрешились надлежащим образом: после выполнения задания, ты получишь новую идентификационную личность – это новое имя и новая жизнь! И тебя восстановят на службе. Эта операция даст мне все необходимые рычаги воздействия на вышестоящее начальство, чтобы обеспечить тебе все обещанное. Сынок, у тебя есть шанс начать все с чистого листа. Ты следишь за ходом моих мыслей? Это вопрос национальной безопасности и ты можешь помочь своей стране.

Майкл поднял на него глаза. *Новая личность – это может быть решением всех проблем. Меня все равно ничего не связывает с этой жизнью. Стефани рядом нет, а о благосостоянии бабушки я могу позаботиться вне зависимости от того, где в итоге окажусь.*

– Мне нужно будет убрать какого-то конкретного человека? – спросил он безразличным голосом, как будто это робот говорил с человеком, который им управляет.

– Солдат, мы не наемные убийцы. Мы защищаем нашу страну всеми возможными и невозможными способами. Мы решаем вопросы, которые никто, кроме нас, решить не может и не хочет! У меня есть задание на Украине, и ты специалист, который с ним может справиться. Сынок, я спрошу тебя опять: ты со мной или нет? Ты готов послужить родине?

– Наверное, да... Наверное, я смогу это сделать.

– Я тебя не слышу, солдат.

У Беккера молнией промелькнуло воспоминание о том, как во время службы в Ираке первый сержант коверкал строчку из стихотворения «Атака легкой бригады»: «Вам не положено приказы оспаривать, участь ваша – их выполнять и подыхать». Случалось это тогда, когда кто-то начинал задавать слишком много вопросов относительно задания.

– Так точно, сэр! – выпалил Майкл, выйдя внезапно из ступора.

– Так-то лучше, солдат! Хорошо, давай я тебя проинструктирую, – продолжил Папс, показывая Майклу снимки наземной разведки со спутника. – Вот больница, небольшая клиника, которая раньше была школой в твоем селе Лесовом. Ты должен помнить это место.

– Я родился там, – Беккер задумался, – Да, припоминаю это место благодаря фотографиям, которые мне показывала бабушка. Да, помню еще, как играл там и катался на велосипеде с друзьями.

– Ясно, – сказал Папс. – Теперь, наверное, понятно, почему именно ты годишься для выполнения данного задания! В этой клинике оказывают медицинскую помощь повстанцам, но мы знаем, что на ее территории также занимаются изготовлением и тестированием биологического оружия. У нас есть достоверные разведданные. Ты получишь особый доступ к более детальной информации. Но я должен предупредить тебя, что это мой уровень допуска – никто не должен об этом узнать.

– Откуда поступают эти разведданные? Кто будет проводить инструктаж? – поинтересовался Майкл.

– Не беспокойся, эти данные достоверные. Я лично их проверил, – сказал Папс.

Майкла всегда настораживало, когда кто-то говорил «не беспокойся», но в данный момент он знал, что другого выхода у него нет – он должен пойти на это задание.

– Именно поэтому данная операция будет тайной, – продолжил Папс. – Мы не можем никому доверять. Это место нужно стереть с лица Земли. Ты понял?

– Да, вы хотите, чтобы я взорвал здание, правильно? Но почему нельзя нанести удар с воздуха, выпустить по нему ракету?

Мысли или, скорее, кошмары наяву о ресторане опять нахлынули на Майкла, и ему пришлось их заглушать.

– Майкл, твоя задача – уничтожить цель. А мы займемся своим делом. Кроме того, не так-то просто нанести удар с воздуха по территории, к которой мы не показываем никакого политического интереса и на которой нет наших врагов или союзников. Ладно, на сегодня достаточно. Я предоставлю тебе больше информации, когда ты уже будешь в аэропорту. Из Лос-Анжелеса ты отправишься в аэропорт им. Джона Ф. Кеннеди, а затем полетишь «АэроСвитом» до Киева – это украинская авиакомпания. Там ты возьмешь билет на поезд в Донецкую область. Поедешь под своим именем, а вернешься уже под новым. К тому времени, когда ты выполнишь задание, я уже подготовлю все документы. Новый паспорт, новые личные данные, новая жизнь – все это будет ждать тебя в американском консульстве в Киеве.

– Почему бы мне не полететь прямым рейсом из Лос-Анжелеса в Москву? Все россияне и украинцы летают именно по такому маршруту. Прошу прощения, я не пытаюсь умничать.

– Если ты полетишь «Аэрофлотом», а это единственная авиакомпания, которая делает беспересадочный полет из Лос-Анжелеса в Москву, то ФСБ выследит тебя как пассажира: они сканируют все от рождения до самой последней минуты твоей жизни. Они сразу будут знать о тебе все, даже то, что ты съел за последние десять лет. В наши дни они покупают всех и вся.

Не удивлюсь, если все вдруг узнают, что Белый дом получает ежемесячно расчетный чек из Кремля через FedEx.

Он помолчал некоторое время, откинувшись на спинке своего кресла.

– Повторюсь, более детальную информацию ты получишь позже.

– Хорошо... Хорошо. Что именно я получу после выполнения задания?

– Разве ты не слышал, что я сказал пару минут назад? – покачал головой Папс. – Ты получишь новые идентификационные данные, а также военные документы.

– Что насчет моей бабушки? Вы можете сделать так, чтобы она получала надбавку к пенсии?

– Дело говоришь. Я узнаю относительно этого вопроса. Как считаешь, надбавка в размере тысячи долларов будет достаточной?

– Думаю, да. Спасибо, сэр.

Папс кивнул.

– Но, сэр... Какие у меня есть варианты? Скажем, если я откажусь от работы.

– Вариантов у тебя нет, Майкл. Или это задание, или тюрьма. Ты ведь не хочешь опять туда попасть, правда?

– Но ведь я выстрелил в Дэвиса непреднамеренно. Это был несчастный случай. В суде меня должны оправдать...

Папс рассмеялся ему в лицо.

– Ты уверен в этом, да? Сынок, после того, что с тебя было снято обвинение в причастности к смерти гражданских лиц в Ираке, у тебя сегодня нет никаких шансов в суде. – Он умолк на секунду и начал вертеть в пальцах ручку. – Если хочешь подумать об этом, дело твое. Но позволь напомнить, мы здесь не в игры играем – это серьезное дело. Они вломятся в твой дом еще до пяти часов вечера, арестуют и бросят в самую темную из дыр. И в этот раз даже я буду не в состоянии тебе помочь.

Майкл чувствовал, что ему не оставляют выбора, Папс был категоричен и всячески давил на него, прямо указывая на то, что этот вопрос не подлежит обсуждению...

Папс долго и пристально смотрел на Майкла, казалось, это длилось целую вечность, затем спросил его приказным тоном:

– Солдат, я должен знать: ты берешься за дело или нет? Я должен быть уверен в том, что ты согласен, заинтересован и сфокусирован.

Майкл тяжело вздохнул и ответил:

– Я в деле. Завтра жду от вас информацию и имена тех, кому я должен докладывать.

Как только Майкл ушел, Папс потянулся к телефону.

– У меня есть инструмент, – сказал он и сразу же положил трубку.

Глава 7
На задание в Лесовое

Проснувшись на следующее утро, после ночи, наполненной переживаниями обо всем произошедшем, о Стефани и беспорядочными зловещими опасениями о своем будущем, Майкл начал складывать вещи в спортивную сумку. Бабушка смотрела на него, и в ее глазах застыли слезы. Ему было противно от того, что приходится с ней так поступать: пообещав, что вернулся навсегда, теперь он опять покидает родной дом.

– Зачем тебе уезжать? – спросила бабушка с мольбой в голосе.

Майкл обнял ее и прошептал:

– Бабушка, так нужно. Но на этот раз я вернусь домой быстрее, чем ты думаешь. Это краткосрочная миссия. Кроме того, я уже начинаю скучать по твоей стряпне.

Бабушка кивнула и отстранилась от него, чтобы достать из фартука свой носовой платок и вытереть им заплаканные глаза.

– Хорошо, только если ты пообещаешь скоро вернуться, до того как я умру.

Майкл терпеть не мог подобные разговоры. Он не представлял своей жизни без бабушки, в особенности сейчас. Майкл взял ее за руки и пристально посмотрел в глаза.

– Тогда помолись о том, чтобы ты была здесь, когда я вернусь. Иначе мне придется подняться до самых небес, чтобы отыскать тебя там и вернуть обратно. Ты слышишь меня?

Бабушка улыбнулась – он знал, что ей нравится слышать подобные вещи. Внук был единственным человеком, кто был ей небезразличен – сама мысль о том, что она может его потерять, была невыносимой.

Когда вещи были собраны, Майкл заглянул напоследок в свой паспорт и вспомнил обещание Папса: «По условиям сделки ты получаешь новые идентификационные данные». Забрать новые документы он должен будет в американском консульстве в Киеве, на обратном пути после выполнения миссии. Майкл покачал головой и положил паспорт в карман. Обняв и чмокнув напоследок бабушку в лоб, Беккер забросил спортивную сумку на плечо и вышел из квартиры.

Он практически сбежал вниз по лестнице и вышел на улицу. Такси, которое должно было отвезти его в аэропорт, уже ожидало у подъезда. Перед тем как усесться в автомобиль, Майкл посмотрел на окно бабушкиной квартиры и помахал ей рукой на прощание.

– Куда едем? – непринужденно спросил водитель, разглядывая пассажира в зеркало заднего вида.

– В аэропорт, – лаконично ответил Майкл, хотя знал, что водитель ожидал услышать от него имя города или страны, куда он путешествует.

Беккер не хотел, чтобы кто-то знал, куда он направляется: маршрут, место назначения и цель его миссии были засекречены. Учитывая сложившуюся ситуацию, Майкл не мог доверять никому, даже безобидному водителю. Единственное, что успокаивало и одновременно настораживало – как быстро работают люди Папса: ни визита полиции, ни слова в новостях, никакой информации об убийстве.

Беккер настраивал себя, что он сядет на рейс компании «Американ Эйрлайнс» до Нью-Йорка, а затем, согласно инструкциям Папса, купит билет на «АэроСвит» до Киева, а потом отправится поездом в Донецкую область, а именно в Лесовое – деревню, где он родился. Если все пройдет гладко и во время полета не возникнет никаких проблем технического характера, то он должен будет приземлиться в Киеве через двадцать часов. Еще одна мысль давила на мозги и сердце: он едет туда, откуда приехал, проделав странный круг из мест и событий. Сколько всего произошло и как это могло быть все связано, чтобы он взорвал бывшую школу, около которой он катался на велосипеде и в которой производят биологическое оружие? Это бред. Точно бред, это не может быть совпадением, и его скоро вылечат.

Видя, что пассажир ему попался неразговорчивый, таксист больше не задавал Майклу никаких вопрос до тех пор, пока не потребовалось узнать, у какого терминала Майкл хотел бы выйти.

– «Американские Авиалинии», – сказал ему Майкл.

– Отправляетесь обратно на Восток, да? – поинтересовался опять водитель, выключая счетчик.

Майкл вышел, не дожидаясь, пока таксист поспешит открыть ему дверь, и направился к багажнику за своими вещами, доставая при этом деньги из кошелька.

Водитель взял плату, положил купюры под приборную доску и открыл багажник. Майкл схватил сумку, бросил таксисту скупое «Спасибо» и растворился в толпе.

———— ♦ ————

Агент Крис Давидсон в ту ночь спал очень беспокойно, его жена знала об этом, но ее вопросы делали мужа еще больше обеспокоенным и раздраженным. Ему не нравилось, что Папс фактически отключил его от операции. Почему он попросил именно Дюранта, чтоб тот нашел инструмент, как Папс любил называть агентов-одиночек, а самому Давидсону приказал не совать нос в это дело? Но ему не терпелось узнать побольше, и потому он решил, что раздобудет как можно больше информации, стараясь при этом не засветиться.

Он находился в глубоких раздумьях, когда Папс вызвал его к себе в кабинет.

– Слушаю, сэр, – сказал агент Давидсон, закрывая за собой дверь.

– Доброе утро, Давидсон, – поприветствовал его Папс привычным отцовским тоном. – Агент Дюрант сообщил мне, что у нас уже есть инструмент – он сейчас находится по пути в аэропорт.

– Сэр, – сказал Давидсон, вставая. –Тогда мне следует отправиться туда, чтобы он не задерживался. Скажите мне его имя, пришлите фотографию и инструкции, я поеду и передам их агенту.

– В этом нет необходимости, – ответил Папс, показывая рукой Давидсону, чтобы тот сел обратно. – Дюрант сам доставит информацию. Кроме этого, мне нужно, чтобы ты присутствовал при конференц-звонке касательно проекта «Лед».

Давидсон был рассержен и обескуражен, но старался этого не показывать. Встреча с агентом и доставка инструкций ЦРУ в электронном виде *обычно* входили в его прямые обязанности. Папс нарушал инструкции и все чаще и чаще прибегал к помощи Дюранта, эти обстоятельства начинали беспокоить Давидсона с каждым разом все сильнее.

Каждому человеку свойственно забивать себе голову самыми прозаичными мыслями и сомнениями в разных ситуациях, но при таком непонятном отношении его начальника к нему, можно только было представить, как сильно Давидсон углубился в самокопание: *Папс собирается взять кого-то на мое место? Может, он думает, что я утратил сноровку? А может, он что-то пронюхал, и это ко мне возвращается? Или, возможно, меня куда-то переводят? Господи, жена станет противиться переезду на новое место. Какая-то бессмыслица, теперь еще придется торчать за столом, ожидая конференц-звонка? Какого черта?*

– Давидсон, Давидсон, – снова сказал Папс, выдергивая агента из пучины сомнительных мыслей. – Соберитесь и принесите свои наработки по проекту «Лед», жду вас через пять минут. Звонок состоится через десять минут, – скомандовал Папс, даже не поднимая взгляда.

Агент встал, безмолвно вышел и закрыл за собой дверь.

Только после того, как Папс убедился, что Давидсон прошел в глубь коридора и уже был возле своего кабинета, он снял трубку телефона и сказал:

– Хочу еще раз напомнить о том, насколько важно, чтобы это задание было успешно выполнено, а также о безоговорочном соблюдении конфиденциальности. Нельзя оставлять следов, которые бы привели обратно к нам.

Не дожидаясь ответа, Папс повесил трубку.

———— • ————

Телефон зазвонил у Милтона в кармане как раз в тот момент, когда он шел от временной стоянки к терминалам. Он всегда оставлял автомобиль перед въездом в аэропорт, чтобы избежать регистрации стоянки в аэропорту и не попадаться на глаза местной полиции. Это был более надежный способ конспирации – избежание «топографических» следов.

Приставив телефон к уху, он пробормотал:

– Говорит Дюрант, – и начал слушать. Затем без тени эмоций на лице он повесил трубку и начал искать Майкла.

Тот ждал его в книжном магазине у отдела с журналами. Милтон кивнул, Майкл кивнул ему в ответ. Оба мужчина прониклись духом боевого задания: их приучили быть осмотрительными по отношению к людям, находящимся неподалеку, а также обращать особое внимание на камеры наблюдения. Милтон стал возле Майкла, взял журнал и вложил между страниц пакет, который по размерам был меньше кредитной карты. Затем он положил журнал обратно и ушел, не сказав ни слова.

Майкл не посмотрел ему вслед – он продолжал изучать журналы. Через некоторое время он положил другой журнал поверх того, в который Милтон вложил пакет, и направился к выходу из магазина.

Он обменялся любезностями с молодым человеком, работавшим кассиром, заметив про себя, что у него татуировка на внутренней стороне запястья в виде креста и пирсинг в правом ухе. Задание требовало использования всех ранее полученных навыков, потому Майкл находился в режиме сканирования. Чувствуя себя в безопасности, он начал пробираться сквозь толпу утренних пассажиров.

Майкл вошел в ближайший туалет, зашел в свободную кабинку и закрыл за собой дверь. Затем он достал приобретенный в магазине журнал из сумки и вынул оттуда пакет. В нем находилось всего лишь три предмета: наушники, небольшой чип, похожий на карту памяти, который можно было подключить к телефону через разъем для зарядного устройства, а также набор инструкций с запиской, написанной Милтоном от руки. Внизу записки была подпись: СМУС.

Майкл надел наушники, подключил чип и начал читать инструкции.

1. Включить телефон.

2. Включить клавиатуру и набрать 99#34*.

Завершал перечень инструкций отрезвляющий пункт 3: Информацию можно будет прочитать только два раза, после этого будет включен режим самоуничтожения.

Майкл дважды внимательно прослушал информацию, затем вынул наушники и чип из телефона и бросил их вместе с запиской, которую он предварительно порвал на кусочки, в унитаз. Как только эти предметы коснулись воды, раздался звук, похожий на шипение кислоты, и оба устройства, а также записка, испарились. Сев в самолет, Майкл почувствовал себя полностью осведомленным. Ему казалось, что когда он шел по проходу к своему месту, которое находилось в конце салона, то каждый пассажир смотрел на него пронизывающим взглядом. Майкл списал это на разыгравшееся воображение: разве кто-то может его винить за то, что в последнее время ему кругом мерещатся враги. Хотя именно этому его и учили, с точки зрения Майкла, он снова стал сержантом Беккером с того момента, когда, сидя в офисе Папса, согласился выполнить это задание.

Стюардесса предложила положить его спортивную сумку позади его сиденья, чтобы он мог без труда к ней добраться во время полета. Беккер пристально на нее посмотрел, а затем улыбнулся и сказал:

– Это отличная мысль. Конечно же, если вы не против, моя сумка действительно занимает много места.

– Без проблем, – ответила стюардесса. Это была привлекательная пышногрудая женщина с нежной материнской улыбкой. – Салон не заполнен людьми, потому мы позволяем себе некоторые «вольности» с ручной кладью.

Беккер устроился в кресле и заметил, что соседнее сидение все еще было свободным. Стюардесса улыбнулась.

– Если никто не займет это место, то вы сможете даже прилечь вдоль, – ответила она на вопросительный взгляд Майкла.

Он был совсем не против сидеть в глубине салона в одиночестве. Это место подходило ему как нельзя лучше, ведь отсюда он мог наблюдать за происходящим, делая при этом вид, что смотрит телевизор. Здесь он также мог отдохнуть, позади него никто не сидел, и потому Беккер мог откинуться в сиденье и расслабиться.

Стюардесса все еще стояла рядом с ним, на ее губах застыла улыбка. Она спросила Беккера, не желает ли он что-нибудь почитать, он поблагодарил ее и сказал, что взял с собой журнал.

Затем Беккер улыбнулся и спросил:

– Вы не знаете, какие фильмы будут показывать во время полета?

– Я узнаю и скажу вам, как только мы взлетим.

Майкл взглянул на значок с ее именем.

– Спасибо, Стейси, – сказал Беккер и подмигнул ей.

Через несколько часов, проведенных в полете, Майкл опять начал нервничать. Он не мог сосредоточиться на просмотре фильма или на чтении, потому что постоянно думал о Милтоне и его непринужденном поведении в баре, когда он передал ему письмо от Стефани. По какой-то необъяснимой причине он не мог поверить в то, что брат не знал, где находится его сестра или кем был ее новый парень. Милтон всегда очень трепетно относился к своей сестре.

Почему Милтон не расспросил у Стефани, куда она уезжает? Разве я сделал что-то не так? Как так случилось, что она внезапно нашла себе другого и уехала? Кто может быть лучше, чем я? Майкл ухмыльнулся, но уже через мгновение его улыбка превратилась в гримасу. *Может быть, я сам себя обманываю? Стефани была для меня прежде всего подругой. И что теперь: мне нужно начинать искать девушку или подругу? Почему она уехала?*

Чтобы хоть немного отвлечься от мыслей о Стефани и Милтоне и сместить внимание на другую тему, Беккер начал прокручивать в голове свое задание, под углом своих навыков и знаний, которые он вынес из разведшколы: знание местонахождения объектов, названия пунктов встречи, данные об ожидаемом связнике (слава Богу, он знал, как его зовут и как он выглядит, – может, на этот раз история с рестораном не повторится), места, где можно было встретить сопротивление, путь отхода после успешного выполнения задания. Он также подумал о четырех заглавных буквах, которые Милтон написал в нижней части записки: СМУС – Секретность Миссии/Успех Миссии.

В нью-йоркском аэропорту, как всегда творился кошмар: пассажиры шли и бежали в разные стороны, толпы людей ждали, пока прибудет тот или иной рейс, множество самолетов взлетало и приземлялось – все это происходило одновременно. На взлетной полосе образовалась очередь, которая казалась бесконечной. Ожидая последнего объявления на посадку, Беккер наблюдал из окна комнаты ожидания, как один за другим в воздух взмывали самолеты. – они казались ему похожими на муравьев, марширующих по утесу в пропасть.

Похоже, что этот рейс также будет немноголюдным – это не могло не радовать Беккера. Ему все еще хотелось побыть одному. Он думал о бабушке и о том, как бы ему хотелось поехать с ней вместе в родную деревню, быть все время с ней рядом и слушать истории из ее детства, проведенного в стране, которая была ввергнута в пламя войны и стала на путь коммунизма.

Когда Майкл шел по проходу, он заметил, что среди пассажиров, которые совершали посадку на самолет, не было семей. Обычно это означало, что у граждан этой страны не было достаточно денег для заграничных путешествий. Вместе с ним в самолет садились бизнесмены, несколько туристов, группа студентов, которые, судя по всему, возвращались домой после каникул, проведенных в США.

———————— ◆ ————————

На протяжении семи часов полета Беккер думал о событиях, которые произошли с ним за последний год: Ирак, взрыв, арест, военный суд, увольнение, возвращение домой, мертвый гендиректор, Стефани, бабушка, Милтон... Мысли представляли собой мозаику из отдельных случаев, частички которой то сходились воедино, то разлетались в разные стороны. Но все эти мысли сводились к одному вопросу: *Почему все это произошло именно со мной? Я - простой человек, простой солдат.*

На восьмом часу полета Беккер начал обдумывать детали своего задания.

Подорвать клинику... Сколько в этот момент там будет находиться людей? В отчете сказано, что все они инфицированы и заразные, то есть рано или поздно все равно умрут мучительной смертью. Могу ли я заразиться?

Сначала Беккер подумал о том, что не может брать на себя роль Бога и решать, кто достоин жить, а кто – нет. Майкла начало тошнить от самой мысли о том, что ему предстоит сделать, а именно – лишить людей жизни. *Но ведь они мастерят там какое-то биологическое оружие – я должен остановить их, или погибнут миллионы людей.* Он решил, что необходимо проявлять особую бдительность, чтобы не заразиться.

С другой стороны, он не мог взять в толк, почему ему доверили выполнять столь важное задание в одиночку. Это было необходимо, чтобы «держать его в секрете»?

В первый раз с момента начала службы в армии и в государственных органах, Майкл Беккер всерьез задумался не только о целях предстоящего задания, но также и о причинах возникновения войн. *Может быть, вооруженные конфликты – это всего лишь выдумка, призванная удовлетворить жажду крови у военной машины. Может быть, люди в действительности хотят мирно сосуществовать со своими соседями. Может быть, на войну должны идти не сами солдаты, а те политики, которые ее развязывают?*

В итоге Беккер не смог совладать со всем тем, что проносилось в его голове. Вместо того чтобы поддерживать реноме хладнокровного агента, он одну за другой заказывал порции водки. Очень скоро полет превратился в путешествие грез – грез, наполненных вопросами, на которые не находилось ответов.

Самолет приземлился, и вскоре он услышал гул обратных напорных двигателей. Через некоторое время Беккер оказался возле поста таможенной службы. Он показал свой паспорт и сказал, что направляется в деревню Лесовое с целью посетить родные места. Пограничник, молодой военнослужащий с прямым носом и пронзительным взглядом, попросил, чтобы Майкл уточнил, к кому именно он едет. Беккер ответил на почти безупречном русском языке, что он собирается навестить дядю и побывать на могиле родителей. Пограничник не спешил, он смотрел на монитор своего компьютера и проверял подлинность американского паспорта, время от времени бросая взгляд на Беккера. Американским гражданам не требовалась виза для пребывания на территории Украины. Таможенник просто пытался оценить довольно необычную ситуацию: он был уверен, что перед ним стоит коллега-военный, у которого есть подлинный американский паспорт, где указано, что он родился в Украине. Причина для поездки в Донецкую область, на территории которой, к слову, ведутся боевые действия, тоже была весьма уважительная – посетить могилу родителей и увидеться с дядей. За Беккером начала формироваться очередь, и офицеру необходимо было принять какое-то решение. Он в последний раз взглянул на монитор, а затем безучастно сказал: «Можете пройти» – и вернул Беккеру паспорт. Тот поблагодарил пограничника и прошел дальше.

Как же хорошо быть «дома»! Хотя бабушка забрала его в Штаты, когда он был еще маленьким ребенком, в его жилах текла украинская кровь. Казалось, что солнечный свет и само небо выглядели здесь по-другому. Все внезапно всплыло в памяти, и сейчас представлялось ему открыткой, которую он никогда раньше не видел. Майкл посмотрел вверх на дымчатые облака – от близлежащих домов отражался солнечный свет, а перед залом прилета выстроились десятки такси.

Бросив свою сумку в багажник одного из стареньких автомобилей, Беккер уселся на заднее сиденье. Приветливый водитель надел на голову кепку, повернул ключ зажигания и спросил у Майкла, куда он хочет ехать:

– Центральный железнодорожный вокзал, – ответил Беккер, выглядывая из окна заднего сиденья.

– Домой едете? – поинтересовался водитель.

Беккер было подумал: «*Черт побери, таксисты все такие, что ли?* В действительности же, водители зачастую заводят разговор в надежде получить побольше чаевых. Кроме того, он был дома, почему бы не расслабится на минутку и не побыть самим собой.

– Да. Хочу повидаться с дядей. Он неплохо устроился, так почему бы его не навестить?

Хотя этот ответ был правдивым лишь наполовину, у Майкла действительно было такое чувство, что он обязан съездить домой и заглянуть в Лесовое. Когда он жил в Штатах, то ему казалось, что Киев и Украина – это неимоверно далеко, почти что на Луне. Но теперь здесь все шептало: «Добро пожаловать домой» – и этот шепот проникал в самые глубины его сердца.

Когда же водитель включил радио, то полившиеся оттуда мелодии показалась Майклу усладой для ушей, – как будто их слышал только вчера.

Беккера охватила ностальгия – ему захотелось поделиться со Стефани своими мыслями и воспоминаниями.

Мысли о ней снова заполонили сознание. Он вспомнил о словах, которые часто пишут на открытках: *«Как бы я хотел, чтобы ты была рядом!».* Именно это и было ему нужно: он так жаждал ее увидеть, прикоснуться к ней, взглянуть в ее глаза. Майкл неимоверно мечтал, чтобы она была сейчас здесь, сидела рядом с ним в этом такси. Но она в объятиях другого мужчины... *Я не поверю в то, что написано в письме, до тех пор пока не увижу ее, не увижу обручального кольца у нее на пальце. Уверен, что Стефани не врет мне, но что-то мешает ей сказать, где она находится. Даже если люди расстаются, находят кого-то получше, то они говорят друг другу нечто более содержательное, чем «не ищи меня – так будет лучше». Это даже не похоже на то, как Стефани выражает свои мысли.*

Майкл смотрел в окно машины, и его одолевали смешанные чувства: он был потрясен тем, насколько прекрасным был открывающийся перед ним вид. На улице стояла весна, о которой так часто рассказывала бабушка. Она описывала неимоверный запах, исходивший от земли, которая пробуждалась после зимнего сна. Казалось, что Майкл замечал все: цветущие деревья, солнечный свет, высокие здания, широкие дороги... и красавиц в мини-юбках.

Водитель задавал разные вопросы, все еще пытаясь заработать чаевые, но Майкл не обращал на него внимания. Он уставился в окно с раскрытым ртом – все казалось сюрреалистическим. На мгновение в его голове появилась мысль: «*Почему я не живу здесь? Может быть, мне остановить такси, выйти и больше никогда не возвращаться обратно? Что же все-таки не так в окружающей обстановкой?*»

Это был привычный вопрос, который он постоянно задавал себе после возвращения из Ирака, особенно в те моменты, когда все вокруг казалось прекрасным и упорядоченным. Был вторник, часы показывали 15:00, но вокруг было много людей, которые, казалось бы, бесцельно двигались по улицам. Майкл присмотрелся – большинство из них были достаточно молодые. *Счастье здесь только на поверхности – настоящие проблемы лежат глубже. У людей нет нормальной работы, процветает коррупция...* Майкл не любил политику. Он считал, что это слишком сложная тема, в которой не стоит разбираться. Когда водитель остановился на светофоре, взгляд Майкла привлекли две брюнетки, проходившие мимо. Они улыбнулись – он ответил им тем же. «*Если уж выходить, то нужно это делать сейчас!*». Майклу усмехнулся: ему понравилась собственная шутка.

Через несколько минут такси остановилось у железнодорожного вокзала. Водитель занял два парковочных места, но Майклу было все равно, он вышел из автомобиля и быстро забрал свою сумку из багажника.

Затем он вручил деньги водителю через открытое окно и сказал на русском:

– Сдачи не надо.

– Спасибо, мужик, – ответил таксист и включил первую передачу.

Майкл следил за тем, как удаляется автомобиль, и улыбался.

Все еще пребывая в восхищении от новизны увиденного, Майкл осмотрел местность, и его взгляд остановился на здании киевского железнодорожного вокзала. Внешне это строение скорее напоминало некий храм, чем железнодорожный вокзал – неимоверно! Он закинул сумку себе на плечо и вошел в вестибюль.

Глава 8
Война невинных

Купив билет на поезд до Лесового, Беккер пробрался сквозь толпу, вышел на платформу и направился к поезду. В сторону Донецка было много поездов, и, к радости Беккера, ему не пришлось ночевать в Киеве, ожидая нужного поезда. Зайдя в вагон, он забросил спортивную сумку на плечо и, покачиваясь, пошел по проходу к своему месту.

Найдя свою секцию в плацкартном вагоне, он плюхнулся на сиденье и посмотрел на пятерых людей, расположившихся на соседних местах – на их лицах было написано, что они ждут не дождутся, когда тронется поезд. Все с заинтересованностью взглянули на Майкла. Он благосклонно улыбнулся им в ответ, посмотрел на билет, чтобы удостоверится, какое место там указано, и обратился к спутникам на русском языке:

– Думаю, что именно здесь я припаркую на некоторое время свою пятую точку.

Пассажиры молча смотрели на то, как он укладывает спортивную сумку на самую верхнюю полку, которая предназначается для багажа. Это был вагон старого типа, где на протяжении дня все обычно сидят на нижних сиденьях лицом друг к другу, а на ночь раскладывают постели и ложатся спать на своих полках, расположенных в два этажа. Майкл вспомнил, как однажды он ездил в Киев со своими родителями и бабушкой – тогда они путешествовали в отдельном купе. В отличие от плацкартного вагона, в котором ему приходится ехать сейчас, в купе закрывалась дверь, и получалось, что они как будто ехали в отдельном номере. Майкл поймал себя на мысли, что у него было беззаботное детство, иему стало очень приятно от воспоминаний о тех временах.

Услышав тихий свист локомотива – сигнал о том, что поезд начинает движение, все пятеро пассажиров повернули головы в сторону окон и стали наблюдать, как мимо них медленно проплывают здания. Сейчас железнодорожная станция показалась Майклу очень знакомой, как будто он ее никогда и не забывал. Но эти воспоминания были очень мимолетными. Беккер улыбнулся и потряс головой, чтобы отогнать нахлынувшие чувства и мысли.

Майкл придвинулся поближе к окну. Рядом с ним сидел молодой человек, напротив – пожилой мужчина, место справа от него занимала женщина средних лет. Ночью двое пассажиров будут спать на верхних полках, а двое – на нижних. Сбоку был еще один отсек этого отделения, где было еще два места, отделенные проходом. Эти места занимали священник и старушка – они сидели за столиком друг напротив друга. Пожилая женщина пристально смотрела на крест, висящий у священника на груди, крепко сжимая маленькими сморщенными руками свою сумку. Когда нужно было ложиться спать, то столик складывался и превращался в простенькую койку.

Подобные поезда совершали междугородние перевозки, и люди в них могли путешествовать в относительно комфортных условиях, имея возможность прилечь и отдохнуть на временных спальных местах. Ритмичное постукивание колес было успокаивающим и нагоняло на пассажиров сон.

Через несколько минут, после того как одинокое завывание вагонов, проходящих рельсовые стыки, стало равномерным, сидящая напротив женщина, строгого вида, который делал ее похожей на учительницу, сняла с верхней полки довольно объемную сумку, открыла ее и начала раздавать всем соседям бутерброды с колбасой и сыром. Майкл с радостью принял это угощение, с того момента, когда он сошел с самолета, он не успел ничего перекусить.

В это же время, как будто по расписанию, в проходе показалась женщина в форме – проводница вагона, работающая одновременно кондуктором, и начала проверять билеты у пассажиров. Она спрашивала, кто куда едет, кто хочет чай и кому нужны постельные принадлежности. Записывая эту информацию на обратной стороне каждого билета, она прятала его вместе с деньгами в сумку, которая была пристегнута к ее поясу.

– Меня зовут Мария, – сказала женщина, угостившая Майкла бутербродом, с дружелюбной улыбкой на лице. – А как вас зовут?

– Михаил, – ответил Майкл, улыбнувшись ей в ответ. – Спасибо за бутерброд, он пришелся как нельзя кстати! С нетерпением жду, когда проводница принесет чай.

Пожилой мужчина, сидевший напротив Марии, практически выкрикнул:

– Эй, зачем ждать этот чай. Давайте сразу перейдем к делу!

У него было красное лицо, редкие волосы и огромный, похожий на мешок с песком живот, который свисал над ремнем.

– Меня зовут Николай Руденко, – добавил он, откручивая крышечку на бутылке водки, которую достал из небольшого чемодана.

Ставя бутылку на маленький столик, находившийся у окна, Николай повернулся к молодому человеку лет двадцати, который расположился рядом с Майклом. Выглядел этот парень так, как будто он только что выбрался из кровати, и у него не хватило времени, чтобы принять душ и расчесать волосы. Одежда на нем была поношенная, но опрятная.

– Эй, юноша, – спросил пожилой мужчина. – Как тебя зовут?

– Степан, – ответил тот, пожав плечами. – Пить я не буду.

– Никто и не говорил, что будешь. Просто сбегай к проводнице за стаканами для нас, и себе тоже возьми – вдруг ты успеешь повзрослеть за ночь.

Как будто повинуясь его приказу, Степан ушел и через несколько минут принес четыре стакана.

Руденко налил каждому по полстакана водки.

– Давайте выпьем за хорошую компанию, за вкусную еду и крепкие напитки, за наше здоровье!

Все выпили до дна, Степан сделал лишь небольшой глоток и скривился. Руденко не обратил на него внимания и снова налил всем водки. Но увидев, что Степан почти ничего не выпил, не преминул спросить:

– Не найдется ли у нас молочка для юного солдата? – спросил он, с ухмылкой оглянув купе. – Наверное, нет!

Степан не ответил, но видно было, что он чувствует себя не в своей тарелке. Беккер улыбнулся про себя: *«Подходящий ли сейчас момент, чтобы сказать им, что я при исполнении и потому не буду пить. Или, может, сказать об этом попозже?*

Увидев, как зарделось лицо у молодого человека, Мария решила вмешаться в разговор.

– Генерал, может, оставите его в покое? – предложила Мария с милой улыбкой на лице, как будто насмехаясь над тем, как он принялся здесь командовать.

– Вы слишком агрессивны сегодня, как генерал… позабытой армии, – Мария одновременно и подшучивала и успокаивала пожилого мужчину.

Руденко посмотрел на Марию, покачал головой и повернулся к Майклу.

– Никто не смеет мне приказывать! Мой отец был генералом. Он научил меня всему, что нужно знать в жизни. Теперь пришел наш черед учить детишек тому, как быть настоящими мужиками! Разве не так, Миша?

Майкл ничего ему не ответил, а просто дожевывал свой бутерброд. Алкоголь уже подействовал на пассажиров, а Руденко основательно опьянел и начинал говорить все громче и громче.

– Как может женщина указывать мужчине? – выпалил он. – Они не имеют ни малейшего представления о том, что нужно настоящему мужику. Все, что от них требуется, – готовить еду, быть послушными и тихими.

– Так говорите, как будто вам дома выступать не дают, а тут вы разошлись, как актер погорелого театра. Могу поспорить, что своей жене вы слова кривого сказать не посмеете, – дразнила его Мария. Водка уже ударила ей в голову, ее щеки заметно покраснели, а улыбка расплылась еще шире. Было очевидно, что она подначивает Руденко, а он воспринимал это всерьез и злился.

– Послушай, Мария. Ты говоришь с настоящим мужиком. Я – мужик! Я муштровал свою жену на протяжении тридцати пяти лет: она прекрасно готовит, проявляет ко мне уважение и не мешает. Я – мужик! Женщины должны быть для мужчин лишь помощницами.

Он снова повернулся к Майклу.

– Я прав, Миша? Почему ты сидишь молча? Давай выпьем за настоящих мужиков! Эй, молокосос, ты присоединишься к мужикам или тебе нужна мамкина сиська, чтобы расслабится и уснуть?

Руденко опять налил водки в каждый стакан, как будто бросая вызов всему купе и желая напиться до беспамятства.

Беккер знал, что если настроиться, то алкоголь не сможет затуманить ему мозг. Он помнил, что находится на задании и потому собирался провести спокойно время в пути, при этом держать свой рот на замке. Хотя он никогда и не пил столько, как сегодня в поезде да после выпитого в самолете, Беккер даже не пытался сдерживаться: он так долго находился в физическом и моральном напряжении, что решил расслабиться и побыть немного самим собой. *Та еще операция под прикрытием!* Майкл поймал себя на том, что он уже опьянел и непроизвольно улыбался.

Майкл понял, что Руденко обращается к нему лишь после того, как тот повторил свой вопрос. Он решил поддержать Марию – кроме того, он с уважением относился к Стефани и не считал, что она чем-то хуже него, и уж тем более не хотел бы ее *муштровать*.

– Генерал, – сказал Майкл небрежно, – женщины не собаки, чтобы их можно было дрессировать. И не предметы, которые необходимо полировать до блеска. Я согласен с Марией, вы увязли в старомодной грязи, как пьяный кабанчик!

Сидящие рядом пассажиры засмеялись и подняли стаканы, выражая этим свою безмолвную поддержку. Один лишь Руденко сидел и буквально пыхтел от негодования.

Может быть, в нем заговорила водка, а может, он просто недостаточно обсуждал эту тему перед отъездом из Лос-Анжелеса, но Майкл внезапно стал серьезным и сказал:

– Я так думаю. То есть... мне нравится Стефани. Когда меня одолевали сомнения или нужно было посоветоваться по какому-либо вопросу, я обращался к ней. Она всегда давала хорошие советы. Мне нравилось слушать, как она говорит; нравилось то, что я ей не безразличен. Я очень люблю Стефани.

– Кто такая Стефани? Это что, чья-то кличка? – проворчал Руденко с кислым выражением лица.

Все пассажиры внезапно умолкли и посмотрели на Майкла.

– Это кличка мужика. Штучки гомосеков, – подсказал Степан.

– Господи! – воскликнула Мария и прикрыла рукой рот. Она перекрестилась и взглянула на священника.

Священник, который представился как отец Петр, был пожилой мужчина лет семидесяти с влажными темно-серыми глазами. Все это время он смотрел в окно и казался равнодушным ко всему, что происходило вокруг. Но как только он услышал, что кто-то упомянул имя Господне, то обернулся и начал внимательнее прислушиваться к разговору.

– Ты что, ты действительно голубой? – спросил Руденко у Майкла, презрительно ухмыльнувшись. – Я заметил, что с тобой что-то не так – этот твой странный акцент или диалект.

Он налил себе полный стакан водки и выпил его залпом. Майкл поднял голову и посмотрел на окружающих , в голове у него появилась пульсирующая боль. Не оскорбившись из-за вопроса, но попавшись в ситуацию, где он оказался в центре внимания – это было непростительно для оперативника его уровня – Беккер попытался загладить ситуацию:

– Это бред. Стефани – моя девушка, она живет в Лос-Анжелесе. Я тоже из Лос-Ан-желеса. Это город в Америке. Вот, и никаких «радужных» штучек тут нет.

– Слава тебе, Господи! Слава Богу! – сказала Мария, опять перекрестившись.

– Да какая разница! – вставил Степан. – Некоторых геев тоже можно считать людьми. Давайте выпьем за геев!

Степан попробовал было подняться, чтобы выпить стоя, но не смог: поезд качало из стороны в сторону, да и сам он был уже порядочно пьян.

– Господи! Сынок, тебе не следует больше пить. Поешь чего-нибудь и выпей чаю, – сказала Мария и протянула ему стакан, который пару минут назад незаметно принесла проводница. Переводя взгляд со Степана на Майкла, Руденко провозгласил:

– Значить, ты из Лос-Анжелеса? Ух, ты! А давай и мы туда поедем? Я хочу встретить Стефани! Давайте выпьем за Стефани! – буквально продекламировал Руденко, будучи уже в стельку пьяным.

– Боже! *Господин Руденко! Генерал!* Вам не мешало бы немного остепениться, – выпалила Мария.

И тут заговорила пожилая женщина, сидевшая рядом со священником:

– Миша, куда же вы едете и зачем? Это так необычно, что кто-то едет сюда из самого Лос-Анжелеса...

Майкл улыбнулся этой пожилой добродушной женщине. Для нее, наверно, Лос-Анжелес находился за тридевять земель, где снимаются фильмы о ковбоях и живут одни лишь богачи.

Он сказал:

– Я хочу навестить могилу родителей в Лесовом. Они погибли в автокатастрофе, когда я был совсем маленьким. В Америку меня забрала с собой бабушка, я только сейчас получил возможность навестить родные места.

Мария покачала головой и сделала еще один глоток чая.

– Но ведь мужчинам сейчас опасно ехать туда, где, по сути, идут боевые действия. Вам так не кажется?

– Знаю, но разве кто-то может сказать, когда они закончатся? Другой возможности у меня может и не быть, к тому же, все не так уж плохо, особенно если учесть, что США помогают Украине решить этот вопрос дипломатическим путем. Не вижу никаких проблем.

– Никаких проблем? – у Руденка уже явно начинал заплетаться язык. – Ты серьезно? Хммм, типичный американец – идеалист! Ты уверен, что ты не голубой?

– Господи! – сурово воскликнула Мария. – Он ведь только что сказал вам, что он не голубой. Просто приехал к себе на Родину, на нашу Родину. Миша, не обращайте внимания, он уже лыка не вяжет.

Она снова обратилась к Руденку:

– Господин Руденко. Генерал! Вам уже пора закругляться.

Снаружи уже стемнело, и в поезде включилось тусклое освещение. Посмотрев минутку в окно, Майкл вернулся к разговору со своими попутчиками.

– Все в порядке, – сказал он. – Я просто не понимаю, по какой причине происходит сколько насилия. Ни для кого не секрет, что здесь идет вооруженный конфликт, но нам ничего о нем не рассказывают – все заняты собственными заботами. Жизнь – сложная штука. Все новости об Украине, если такие вообще появляются, не попадают на передовицы газет или в выпуски новостей. Потому нам мало что известно о здешней ситуации.

– Мало что известно? Здесь убивают людей, убивают женщин и детей – все обозленные, вцепились друг другу в глотки. Каждая сторона утверждает свою правоту, но над нашими головами продолжают летать пули и снаряды – кругом творится безумство. А ты говоришь, что вам *мало что известно?* – сказал Руденко так четко, будто бы выучил эти строки наизусть.

Мария нервно сложила перед собой руки и сказала:

– А вам не кажется, что Украина имеет полное право защищать свои границы и устанавливать мир и порядок на своей территории? Но российские политики постоянно норовят разжечь этот конфликт. Россия саботирует все действия Украины по восстановлению у себя мира – предоставляет повстанцам военную помощь. А повстанцам же кажется, что им будет лучше с Россией, что россияне о них позаботятся – наивные люди! Ими манипулируют. Когда подешевеет нефть, то России станет нечем торговать. В Донецкой области есть и уголь, и сланцевый газ, и другие полезные ископаемые – именно в этом они и заинтересованы. Вот так здесь обстоят дела!

– Понятно, – все, что мог сказать Майкл в этот момент. Он начал осознавать, что едет прямиком в осиное гнездо. Если верить словам Руденка и Марии, то его родной дом стал полигоном политических и военных разборок.

Степан, до сих пор слушавший разговор несколько отвлеченно, оживился, как только речь зашла о вооруженном конфликте, раздиравшем его область.

– Да что вы знаете? Я сам родом из Донецкой области и считаю, что мы должны *сами решать,* чего мы хотим! Если мы хотим присоединиться к России, то почему нам кто-то должен запрещать это сделать? Мы боремся за независимость от Киева. Они там все коррумпированы. Все заработанные нами деньги идут туда, и что мы получаем взамен? Мы спускаемся в шахты, как это делал мой отец и его отец всю свою жизнь, а они лишь богатеют. Мой отец умер ни за что – у нас ничего нет. Я не хочу, чтобы этот повторилось вновь!

– Значит, ты думаешь, что россияне дадут вам денег? – спросила Мария, глядя на молодого парня.

Степан пожал плечами.

– Никто не говорит о деньгах, мы хотим обрести независимость. Если мы найдем залежи газа, то будем продавать его или в Россию или на Украину. Мы добываем уголь и продаем его в Россию, на Украину – куда угодно, но это наш уголь, которым мы распоряжаемся по собственному желанию. Он добыт на нашей родной земле! Мы имеем полное право сражаться за собственную свободу!

– Ага, Степан, тогда вам пригодится Царь-пушка, которая стоит на площади перед Городским советом, – пошутил Руденко.

Мария осуждающе взглянула на него, а затем ответила Степану:

– Значит, вы поддерживаете сепаратистов в Крыму, которые хотят, чтобы Украина отказалась от этого полуострова? Может, тогда Украина медленно расколется на кусочки, как стеклянный бокал, и все станут жить так, как им хочется. Этого ты хочешь, Степан?

Руденко, который, казалось бы, уже находился в состоянии полусна, открыл глаза и сказал:

– Я ни коим образом не поддерживаю Россию – не хочу, чтобы меня превратно поняли и выкинули из поезда. Но я точно знаю, что Украина не в состоянии самостоятельно контролировать ситуацию и потому готова привлечь для ее разрешения кого угодно, даже исторического противника в лице США. Россия же опасается, что в соседней стране разразится хаос. Можете себе представить, что американские ракеты расположены на окраинах

Донецка и направлены на Кремль. Пара минут – и они уже подлетают к Москве. Как могут россияне допустить подобное?

Он сделал еще один глоток из почти опустевшей бутылки.

– Они имеют полное право защищать Кремль от ядерной угрозы! От хаоса, от дестабилизации в регионах. Давайте выпьем за это, а также за освобождение всех арабов от еврейской оккупации.

– А это откуда? – удивленно спросила Мария. – Мы говорили о конфликте на территории Украины между центральным правительством и региональной оппозицией, в котором участвуют украинцы и русские. Причем здесь евреи?

– Во всем виноваты евреи! Всегда! – проворчал Руденко, символически откидывая голову назад.

С каждой минутой Степан оказывался все больше и больше вовлеченным в разговор.

– Как интересно. Кто бы мог подумать! Почему вы так говорите? Вы – еврей?

– Он – нет, а вот я – еврей, – резко сказал Майкл и повернулся к Руденку. – Я не понимаю, о чем вы говорите. Что плохого я вам сделал?

Руденко смерил взглядом незаурядную фигуру Беккера, казалось бы, на секунду протрезвел, а затем поднял голову и взглянул на бутылку. Налив водки в стакан Майкла, он почти пропел:

– Как я уже сказал, у меня нет претензий ни к женщинам, ни к геям, ни к евреям! Так что, давайте выпьем за… за это!

Майкл решил больше не обращать внимания на пьяного Руденка и продолжил говорить, будто обращаясь к самому себе:

– Америка в состоянии помочь Украине и готова сделать все, что от нее зависит, чтобы Украина восстановила контроль над своей территорией. Получается, что у моей страны тоже есть благие намерения. Видите, в этой ситуации нет виноватых! Это похоже на войну между невинными сторонами, – взгляд Майкла переходил от одного пассажира к другому. – Это война невинных! Но если у каждой стороны есть такие благие намерения, то почему же люди продолжают гибнуть? Или все это обман, и у каждого есть какие-то свои тайные цели? Может быть, это деньги, власть, амбиции? Но люди продолжают погибать. Это похоже на какое-то недоразумение или манипуляцию. Как же это остановить? Как донести эту мысль всем? Каждая смерть в этом конфликте кажется бессмысленной. Как же нам с этим бороться?

Отец Петр, который молча слушал этот разговор, наконец-то заговорил, цитируя слова из Библии:

— В послании к Ефесянам, шестой главе, десятом и двенадцатом стихах сказано: *Наконец, братия мои, укрепляйтесь Господом и могуществом силы Его. Облекитесь во всеоружие Его, чтобы вам можно было стать против козней диавольских. Потому что наша брань не против плоти и крови, но против начальств, против властей, против мироправителей тьмы века сего, против духов злобы поднебесных.*

Мария окинула взглядом купе, смотря поочередно на Степана, Руденка и Майкла. Кажется, что никто не понял смысла того, что изрек священник.

— Что вы хотите этим сказать, святой отец? — спросил Майкл.

Священник улыбнулся.

— Это значит, что людям не положено осуждать деяния других людей и говорить о том, кто является правым, а кто — нет, ведь все мы — это плоть и кровь. У каждого из нас есть свои проблемы и недостатки — никто не идеален! Значит, если мы не идеальны и нас одолевают собственные проблемы, то как мы можем судить других? Тем не менее мы можем и обязаны прославлять Бога, верить в лучшее и творить добро. Нам следует любить ближнего и заботиться друг о друге — тогда удастся лишить властителя тьмы его главного оружия — войн и зла. Следует прекратить обвинять во всем друг друга. Нам нужно разобраться в своих проблемах, не прибегая при этом к насилию, — быть честными и справедливыми, нести добро в этот мир. Только любовь к ближнему может спасти нас!

Степан и Мария, казалось, были ошеломлены ответом священника. Руденко лишь бессмысленно похлопывал веками — он уже давно уснул. А Майкл, задумавшись, откинулся назад и закрыл глаза.

Глава 9
Снова дома. Елена

———————•———————

Когда Майкл вышел из поезда, над деревней Лесовое уже садилось солнце. Медленно пройдя сквозь скопление народа на станции, Беккер направился к небольшому магазину на вокзальной площади и зашел внутрь.

Беккер посчитал, что будет неприлично, если он заявится в гости к дяде с пустыми руками и потому решил купить что-то из местных продуктов в качестве подарка. Он взял четыре бутылки кваса, ферментированного темного пива с низким содержанием алкоголя и плитку шоколада, которым славились эти места. Больше никаких идей относительно подходящего подарка американизированному Беккеру в голову не пришло.

Пользуясь случаем, Майкл приобрел карту Украины, а также крупномасштабную карту, куда входило Лесовое и его окрестности, и где были указаны все туристические достопримечательности, которых в Донецком регионе становилось все меньше.

Выйдя за пределы площади перед зданием железнодорожной станции, он огляделся: знакомые ему места практически не изменились за последние пятнадцать лет. Его встретили все те же дружелюбные улицы и местные жители, которые сидели перед своими дворами. Люди постарше располагались в любимых креслах и взирали на то, как мимо них проплывает мир. Но если приглядеться поближе, то можно было заметить, что на всем здесь лежит печать войны и гражданского противостояния.

Деревня была со всех сторон окружена прекрасным густым лесом и, если не считать настроения людей, то казалось, здесь царит атмосфера какой-то сказки.

Вскоре он подошел к дому, который помнил еще с детства. На крыльце сидел пожилой человек лет семидесяти, курил трубку и плел рождественскую корзинку – любимый сувенир проезжих туристов. Плетение подобных изделий приносило местным мастерам небольшой дополнительный доход. Пожилой мужчина не прекратил работу, даже когда Майкл подошел к воротам.

– Как поживаете? – вежливо спросил Майкл, ставя сумку на землю.

Мужчина вынул трубку изо рта и грубовато ответил ему на странной смеси русского и английского языков:

– Американец. У меня много корзинок. Выбирать и платить.

– Дядя Василий. Это я, Миша. Миша из Америки.

Старик ухмыльнулся, разглядывая Майкла с ног до головы. Затем он встал, и по его лицу медленно расплылась улыбка:он узнал своего племянника.

– Миша! Как же ты вырос. Весь в отца пошел. Заходи! Заходи! – говорил он, показывая рукой на входную дверь.

Майкл открыл ворота, поднялся на крыльцо и сбросил с плеча спортивную сумку – дядя продолжал пристально смотреть на него.

Они крепко обнялись, а затем пошли в дом. Дядя Василий показал рукой на скромно меблированную комнату.

– Заходи, присаживайся, – сказал он, подводя Майкла к двум стульям у стола.

– Почему ты не сообщил в телеграмме о том, что собираешься приехать? Это такая неожиданность! Глазам своим не верю, – он вынул из кармана носовой платок и вытер им лицо, будто бы пытаясь освежить себе память.

– Мне нужно было приехать домой. Трудно поверить, но я так соскучился по родным местам.

Дядя Вася кивнул.

– Как поживает бабушка? – спросил он, вставая со стула, чтобы взять кисет с полки над печкой. Пока он садился, Майкл рассказывал:

– У бабушки все хорошо: несмотря на солидный возраст, она держится молодцом.

– Это у вас наследственное, – сказал Василий, забивая ароматный табак себе в трубку. Майкл вспомнил этот запах, ему казалось, что с каждым произнесенным дядей словом, в его голове начинают оживать давно уснувшие воспоминания.

Дядя Василий взглянул на Майкла.

– Давай я приготовлю что-нибудь поесть. Ты ведь голоден, правда?

Он встал и направился к кладовой. Комната была чистой, но скромно меблированной: небольшой столик, несколько старых деревянных стульев, односпальная кровать, застеленная серым покрывалом, книжная полка и маленькая прикроватная тумбочка, вот и все предметы обстановки.

Внутри дома, состоявшего лишь из одной комнаты огромного размера, было довольно тускло. На стенах висели иконы, а также какие-то черно-белые фотографии.

Через несколько минут дядя Василий поставил на стол несколько тарелок с едой, а также бутылку кваса и два стакана.

– Ты ведь наведаешься на могилу родителей, да? – спросил он.

– Да, я хочу почтить их память. Вы не будете против, если я поживу у вас некоторое время?

– Конечно, Миша. Мой дом – это твой дом. Не нужно было даже спрашивать. Пока я жив, то не позволю тебе ютиться по гостиницам. Так и знай! У меня полно места, сейчас пойду принесу раскладушку из чулана. Можешь жить здесь, сколько пожелаешь.

– Спасибо! – сказал Майкл. – Дядя, почему бы нам не поставить чайник и попить чаю вместо пива – я уже и так немного перебрал с алкоголем за последние несколько дней. Если вы, конечно, не против.

– Ха! Америка сделала из тебя слабака! У меня есть чай, но разве украинский мужик когда-нибудь отказывается от самогона? Один глоток очистит твое тело и душу.

Дядя Василий сжал трубку в губах и направился в угол комнаты, который служил ему кухней. Открыв шкафчик, он достал оттуда жестяную банку с чаем, а затем поставил чайник на плиту.

Вернувшись к столу, он сел и пристально посмотрел на Майкла.

– Теперь скажи правду, зачем ты приехал? Никто не едет сюда из самой Америки в столь смутные времена. Старого волка не проведешь: я вижу, что ты военный – у тебя это на лбу написано, – сказал он, слегка усмехнувшись.

Майкл открыл сумку и достал оттуда пачку фотографий и старые карманные часы.

– Это подарок от нас с Таней.

Дядя Василий аккуратно взял в руки часы, открыл их и приставил к своему уху.

– Все еще тикают! Спасибо, Миша! Большое спасибо! Фотографии я посмотрю попозже – мне нужно будет еще поискать свои очки, и света надобно побольше.

Он еще некоторое время осматривал часы под разными углами, а потом переключил свой взгляд на спортивную сумку Майкла.

– Твоя сумка мне тоже много о чем говорит: среди ее содержимого нет ничего лишнего – только все самое необходимое.

Он посмотрел Майклу в глаза.

– И выправка у тебя военная. Говоришь ты четко и лаконично, волосы острижены коротко – все характерные признаки солдата.

Майкл снова улыбнулся и покачал головой:

– Ты прав, дядя. Я долгое время служил в армии. Но я не соврал, когда сказал, что приехал навестить могилу родителей, хотя у меня здесь есть и другие дела.

Он задумался, ему не хотелось особо обсуждать тему своего пребывания в деревне.

– Дядя, позвольте мне обжиться здесь, а потом обстоятельно с вами поговорим, завтра или послезавтра. Важно ведь то, что я приехал, чтобы побывать на могиле родителей и нашел вас в добром здравии. Давайте оставим разговоры на потом, договорились?

– Хорошо-хорошо. Но, Миша, прошу тебя, послушай старика. Я многое повидал. Здешние люди, завидев тебя, начнут распускать разного рода слухи. Ты ведь совсем не похож на местного – уже через несколько часов вся деревня будет знать, что ты приехал из Америки. И начнутся вопросы. А поскольку истинной причины никто не знает, будут придумывать невероятные истории, – сказал дядя Василий и вздохнул. – Тебе нужно использовать еврейское начало, которое досталось тебе по линии матери, и быть более смекалистым, иначе завтра у нас на пороге появится вооруженная братва.

Майкл сделал вид, что его не особо беспокоят предостережения дяди и попытался замять эту ситуацию.

– Дядя, я ведь простой гость. Погощу здесь пару деньков и уеду обратно. Что вы имели в виду, когда сказали, что я должен использовать свое еврейское начало?

– Сейчас поясню, но расскажу сначала о твоем отце: он тоже был высоким, широкоплечим и мускулистым парнем. Мог закадрить любую девушку, но выбрал еврейку. Как будто вокруг не было красивых русских или украинских девушек.

– Я понимаю, о чем вы говорите – у нас это, очевидно, семейное, – ухмыльнулся Майкл. Но почувствовал, что дядя может отойти от темы разговора и потому спросил:

– Так что же вы советуете мне делать?

– Ох, Миша! А ты можешь притвориться хромым на одну ногу или наполовину глухим или умственно отсталым? Я хоть и выгляжу старо, но чувствую себя достаточно молодым. Я все еще способен самостоятельно напилить дров и поработать по хозяйству. Суть в том, что я знаю, о чем говорю.

Он выпил полстакана водки, выдохнул и с нескрываемым удовольствием закусил соленым огурцом. Майкл разделил с ним трапезу, которая состояла из вареной картошки, лука, соленых огурцов и сала.

Через некоторое время Василий продолжил.

– Мне довелось увидеть здесь немало боевых действий и смертей. Этот регион превратился для всех, в том числе и для наемников, в настоящий полигон. Местных такое положение вещей не устраивает, но, чтобы выжить, приходится держаться подальше от головорезов, которыми переполнены улицы наших городов.

После ужина Майкл отправился спать. Сама мысль о задании, которое ему предстояло выполнить в течение ближайших дней, была невыносимой. Но если клиника и вправду стала местом, где какие-то скоты разрабатывают биологическое оружие, то он без угрызения совести уничтожит этих мерзавцев. Но вот убивать обычных людей, пусть они даже заражены смертоносным вирусом, это не укладывалось в голове Майкла.

Наступило утро следующего дня. Старое кладбище, находившееся на холме, было покрыто туманом, а над ним повисли пышные облака – они были похожи на ангелов, наблюдающих за человеком, который шел по тропе к почти заброшенной могиле у подножья огромного дуба. Пока Майкл шел по лесу, успел насобирать большую охапку цветов.

Подойдя к могиле, он положил букет ромашек на надгробие и опустился на колени, чтобы поговорить с родителями.

– Мама! Папа! У меня сохранилось мало воспоминаний о вас, и все они счастливые. Мне было так тяжело расти без вас. Бабушка сделала все, что было в ее силах: научила меня любить – вы сделали бы точно так же. Но мне хотелось знать о жизни больше. Я думал, что всему остальному меня научат в армии, но эта наука оказалась совсем не тем, на что я рассчитывал. Вы бы подсказали мне, когда нужно остановиться, чтобы не переступать порочную черту – как же часто я эту черту переступал не глядя.

Майкл прикоснулся головой к надгробию.

– Мне нужно идти. Надеюсь, мне удастся еще раз навестить вас перед отъездом. Мама, папа, я люблю вас, – сказал он и встал на ноги.

Беккер еще раз прикоснулся к надгробию, а затем развернулся и стал спускаться с холма, направляясь к воротам кладбища. Он послушался совета дяди и пытался идти медленно, прихрамывая на левую ногу. Дядя оказался прав: каждый житель деревни теперь пристально следил за Майклом, как будто он стал новой достопримечательностью.

У Беккера было тяжело на душе от самобичевания и порицаний, но он знал, что не виноват в том, что произошло в иракском ресторане, а также в убийстве Дэвиса из Сенчури Сити. Хотя все еще задавал себе вопрос, как подобное могло произойти? Почему выстрелил пистолет?

Когда Майкл подошел к дому своего дяди и уже собрался было отрыть ворота, он увидел, как в его сторону идет роскошная молодая женщина и приветливо улыбается. Ее светлые волосы сияли в лучах утреннего солнца и развевались, как паутинки на ветру. Платье яркого цвета трепыхалось вокруг ее стройных ног, а голубые глаза смотрели на него ласково и вопросительно.

– Привет, – сказала она, подойдя к воротам.

– Привет, – ответил он, приветливо улыбаясь. Лицо молодой девушки показалось ему знакомым, но он не мог вспомнить ее имени.

– Ты ведь приезжий, правда? – спросила она.

Майкл слегка усмехнулся и положил руку на ворота.

– Не совсем. Я родился здесь, но после смерти родителей переехал в Америку.

Она посмотрел на дом дяди Васи, а затем снова на Майкла.

– Миша, это ты?

– Да, некоторые зовут меня Мишей, а для остальных я – Майкл. Мы знакомы? – спросил он, хотя был почти на сто процентов уверен, что они уже встречались – только очень давно.

Девушка рассмеялась.

– Некоторые зовут меня Леной, а для остальных я – Елена, – сообщила она Майклу, во взгляде которого застыл вопрос.

– В детстве мы играли вместе, до того как ты уехал, – сказала Лена, прикрывая глаза от солнца.

– Елена! Конечно, я вспомнил тебя, – сказал Майкл с улыбкой. – Как твои дела? Чем занимаешься?

Беккер отошел от ворот и теперь с интересом смотрел на Лену. Она была невероятно красивой. *Как я мог забыть такую милую девушку! Пусть даже мы были тогда детьми – такую красотку невозможно забыть.*

– Работаю медсестрой и местной больнице, – ответила она, отворачиваясь от солнца и поправляя складки платья, чтобы оно не развевалось на ветру. – Я уже опаздываю на работу. Давай встретимся завтра и сходим погуляем или посидим и выпьем чего-нибудь.

———— ◆ ————

Когда Майкл услышал слова «местная больница», то его как будто кто-то ударил бейсбольной битой по голове. Но он сохранял спокойствие. Изобразив на лице радостную улыбку, он воскликнул:

– Прекрасная мысль. Буду рад с тобой пообщаться – расскажешь о том, что произошло здесь, пока меня не было. Где и в котором часу мы встретимся?

– В деревне есть только один бар. Давай встретимся там в полдень.

– Чудесно! Пить в полдень... Звучит романтично! Я уже чувствую себя здесь своим, – он посмотрел на дом и сделал вид, что ему в голову пришла какая-то мысль.

– Я знаю, что ты опаздываешь, но мне хотелось бы провести тебя до места работы. Хочешь, я буду твоим личным телохранителем?

– Хорошо, только давай ты будешь быстрее шагать и меньше разговаривать. То есть я очень рада нашей встрече, но входить внутрь больницы тебе запрещено, а мне нельзя опаздывать... Договорились?

– Без проблем, принцесса, но только с одной оговоркой: меня ранили в Ираке, долгая история, но результат – я теперь немного хромаю, но поспеть за тобой смогу, – сказал Майкл, идя с ней в ногу.

– Хм, давай ты все-таки расскажешь подробнее мне о своих ранениях, но попозже, мой раненый телохранитель, – сказала Елена на ходу. – Наверное, тебе придется убедить меня еще и в том, что поврежденная нога – это единственный вид инвалидности, которым ты страдаешь.

Елена улыбалась, а ее голос звучал немного вызывающе.

Они прошли через всю деревню, перешли небольшой мост и приблизились к зданию, которое до этого было средней школой. Сейчас оно служило больницей, в которой лечили местных гвардейцев. Майкл не стал подходить к самому входу в здание, а лишь помахал Елене рукой, когда она входила внутрь. Про себя он отметил все детали окружающей обстановки, а также наличие нескольких вооруженных охранников у входа.

Глава 10
Елена узнает правду

———————————+———————————

Отметившись о прибытии на работу, Елена вошла в палату. Проходя по коридору, она обратила внимание на пустую кровать, которою уже застелили чистыми простынями. Елена нахмурила брови и бросила взгляд на подходившую медсестру.

– Сестра, где Чернов? – спросила она.

– Вам тоже доброе утро, Елена, – проворчала медсестра по имени Соня.

– Прошу прощения, сестра, доброе утро. Но, может быть, все-таки скажете, что случилось с Черновым?

– Сожалею, Елена, но он скончался этой ночью, – ответила сестра Соня. Она стояла, засунув руки в карманы, и пристально смотрела Елене в глаза.

– Странно, он ведь чувствовал себя намного лучше и собирался увидеться со своей женой, – заметила Елена, вскинув голову. Ее очень удивило, что больной, который находился на пути к выздоровлению, внезапно умер в течение ночи.

– Ничего необычного, произошел рецидив, и он умер. Подобное случается – вам ли об этом не знать?

– Соня, я знаю, что это может произойти, но это не первый пациент, который умер за последние несколько дней. Мы ведь должны спасать жизни, а не губить их.

– Вы принимаете это слишком близко к сердцу, – раздраженно ответила Соня. – Пациенты умирают постоянно – займитесь своей работой и не задавайте лишних вопросов.

Ее голос в этот момент был совсем не дружелюбным.

Елена знала, когда нужно сбавить обороты – сейчас был как раз тот момент.

– Как скажете, сестра, – уважительно сказала она и направилась к столу для медсестер.

На протяжении всей смены ее не покидали мысли о смерти Чернова. Она осматривала его еще вчера – он выглядел как человек, к которому вернулись силы и жизненная энергия. Чернова госпитализировали относительно недавно с ранением в область груди. Рану быстро обработали, а других недугов, кроме легкой формы пневмонии, развитие которой без труда остановили с помощью антибиотиков, у больного выявлено не было. *«Сердцебиение и пульс у него, несомненно, были в норме»*, – думала Елена, обследуя очередного пациента.

Ближе к окончанию смены она решила заглянуть в морг в надежде найти там тело Чернова и узнать, что же с ним случилось. Хотя Елена и не была квалифицированным врачом или патологоанатомом, но у нее был солидный опыт работы медсестрой, и потому она могла определить, был ли причиной смерти внезапный сердечный приступ или какое-то другое осложнение. К примеру, желтоватый цвет ногтей сигнализирует о скрытой форме рака, а пурпурный цвет губ – об удушении.

Елена вошла в морг – от стоящей там жуткой тишины по спине пробежала дрожь. За все время работы в клинике ей еще ни разу не приходилось бывать в этой комнате.

Никого из работников клиники в морге не было. Елена прошла в глубь помещения к камерам, располагавшимся вдоль стены. Осмотрев все таблички на дверцах, она так и не обнаружила ни одной с фамилией Чернов.

«*Он ведь должен находиться здесь,* – сказала она сама себе. – *Этот человек умер только вчера. Его тело обязаны хранить в одной из камер на протяжении нескольких дней перед тем как передать родным.* Она собралась было начать открывать одну за другой все камеры, но внезапно заметила в углу комнаты еще одну дверь. Не в состоянии устоять перед соблазном заглянуть туда и узнать, что за ней находится, Елена подошла к двери. Ей понадобилось несколько секунд, чтобы побороть сомнения, затем она глубоко вздохнула, закрыла глаза и постучала – ответа не последовало. Тогда Елена повернула ручку и медленно открыла дверь. Зайдя внутрь, она включила свет и тихо вскрикнула: перед ней стояло шесть медицинских кроватей – на каждой из них лежал человек, подключенный к реанимационному аппарату. Из кардиомониторов исходил до жути знакомый пикающий звук. «*Они еще живы!*» – подумала Елена.

От недоумения и набожного страха у девушки побледнело лицо. У нее дрожали руки, и она чувствовала себя отрезанной от остального мира. Елена догадывалась, что ее нахождение в этом подсобном помещении крайне нежелательно. Если кто-то сейчас сюда войдет, то ей точно не поздоровится.

Будучи до смерти перепуганной, она все же собралась с силами и осмотрела тела. Когда на одном из них она увидела табличку, на которой была написано «Чернов М. Р.», то с трудом удержалась, чтобы не упасть в обморок.

– Чернов, что же с вами случилось?

Лицо несчастного мужчины было покрыто пятнами, как будто у него была сильная искусственная горячка.

Елена стянула с него покрывало и увидела, что на его теле отсутствуют какие-либо следы повреждений или хирургической ошибки, которые бы могли служить объяснением его присутствия в этой комнате.

Елена пребывала в недоумении. «*Почему медсестра соврала? Почему Чернов жив, если она сказала, что он умер?*»

Она не решилась проверить, находились ли здесь двое других пациентов, которые исчезли на этой неделе при схожих обстоятельствах, но почему-то была уверена в том, что ее догадки подтвердятся.

Накрыв верхнюю часть тела Чернова покрывалом, Елена заметила большой плакат, висевший на двери, которая находилась в противоположном конце помещения. На плакате было написано:

ПОДДЕРЖИВАЕТСЯ ТЕМПЕРАТУРНЫЙ РЕЖИМ
НЕ ВХОДИТЬ!

Елена не смогла устоять перед искушением, разжигающим в ней желание докопаться до сути этого дела. Она подошла ко второй двери и распахнула ее – в лицо ударила струя сухого холодного воздуха.

Внутри небольшой комнаты, предназначенной для холодильного хранения, находилось несколько прочных полочек, на которых стояли в ряд несколько контейнеров. На каждом из них были приклеены бирки с названиями различных больниц, написанные на русском языке.

Елена заглянула в ближайший контейнер, на котором было написано: «Б. Джонсон. НЖ – больница София, Болгария».

Елена даже не стала смотреть, что находится в остальных контейнерах – ей и так уже все было ясно.

«Так вот почему они держат вертолет Красного Креста постоянно готовым к отлету, – думала Елена. – Они используют его для транспортировки органов...»

Елене стало тошно от одной лишь мысли о том, скольких здоровых людей – ее сограждан – лишают жизни столь варварским способом ради того, чтобы представители привилегированного класса смогли жить, а другие могли на этом наживаться.

Услышав, как скрипнули входные двери в морг, Елена пришла в чувство, открыла один из ближайших шкафчиков и быстро забралась внутрь, стараясь как можно меньше шуметь, оставив при этом дверцу немного приоткрытой, чтобы иметь возможность наблюдать за происходящим.

Двери секционного зала открылись, и в помещение вошел патологоанатом. Елена узнала этого мужчину, которому было на вид лет сорок, поскольку она раньше много раз видела его в клинике. Он был небольшого роста, с залысинами и на его огромном носу сидели очки с толстыми линзами. Елена сумела рассмотреть табличку с именем, висевшую на его лабораторном халате. На ней было написано: «Доктор Кузнецов». У девушки гневно пылали глаза. «*Ты не врач,* – мысленно выкрикнула она. *– Ты – убийца!*»

Вслед за доктором в комнату вошел молодой человек. «*Это ведь Иван – его помощник*», – подумала девушка.

Доктор подошел к первому столу и приоткрыл покрывало, которым было накрыт Чернов.

– Этого нужно доставить немедленно. Подготовь контейнер, а я займусь им.

Доктор Кузнецов взял шприц, подошел к капельнице и со скучающим выражением лица быстро ввел в нее какой-то препарат.

По телу Кузнецова пробежала легкая конвульсия, от чего у Елены перехватило дыхание, и она отпрянула в глубь шкафчика, стараясь слиться с темнотой. Кузнецов надел свой лабораторный халат и достал пистолет. Он внимательно прислушался и уже собирался направиться к шкафу, в котором пряталась девушка, как вошел Иван, в руках он нес контейнер с сухим льдом.

Кузнецов проверил пульс Чернова. Убедившись, что сердцебиение отсутствует, он взял скальпель, сделал Y-образный разрез и оттянул кожу на груди. Затем он взял хирургическую пилу и вырезал переднюю часть грудной клетки.

Елена наблюдала за происходящими, а по ее лицу катились слезы.

Иван повернулся к доктору и сказал:

– Доктор, а куда отправляется этот? Видите, здесь не указана его группа крови.

Доктор заглянул в медицинскую карточку, прикрепленной к дощечке с зажимом, которая висела на передней части операционного стола и сказал:

– Вена, Австрия. Четвертая группа, резус-положительный.

Иван записал эту информацию в документах на перевозку, положил их в пластиковую сумочку, которую должны передать вместе с органом, и кинул ее на ближний стол. Затем он надел латексные перчатки и взялся помогать доктору Кузнецову извлекать сердце из полости грудной клетки.

– Контейнер готов? – спросил Кузнецов спустя несколько минут. Он уже уложил сердце в хирургическую чашу, заполненную льдом.

– Да, доктор, – ответил Иван. Затем он взял чашу со стола и опустил ее в холодильный контейнер для перевозки органов, который стоял на раскладной тележке. После этого помощник доктора обложил сердце пакетами со льдом, поместил пластиковую сумочку с информацией в специальную нишу, находящуюся возле органа, и герметично закрыл контейнер крышкой.

– Отлично, – сказал доктор Кузнецов. – Немедленно неси его во двор, там уже ждет вертолет.

Иван схватил контейнер с тележки и буквально выбежал из комнаты.

Как только за ним захлопнулась дверь, доктор Кузнецов поместил реберную клетку обратно в грудную полость, прикрыл ее кожей и наложил швы. При этом он бормотал себе под нос:

– Благодарю вас, господин Чернов, за то, что сделали неоценимый вклад в мой банковский счет.

Закончив зашивать Y-образный вырез, он снял со своих рук окровавленные перчатки, выбросил их в мусорное ведро и набросил покрывало поверх мертвого тела. После этого он начал методично осматривать людей, находящихся на кроватях, похлопывая их по лицу, пока те тихо лежали и ждали. Доктор проверил показания аппаратов и изменил установки на некоторых из них. Каждое устройство издавало привычный пикающий звук, который указывал на то, что эти люди все еще живы – этот звук теперь будет преследовать Елену вечно.

На лице доктора играла зловещая ухмылка, он покачал головой, развернулся на каблуках и вышел из комнаты.

Когда звуки отдаляющихся шагов утихли, Елена открыла дверь шкафчика, в котором пряталась, – по ее лицу ручьем текли слезы. Оно подошла к операционному столу и попыталась подавить рыдание, душившее ее все это время. Когда девушка откинула покрывало, то уже была не в силах сдерживать свои эмоции и горько заплакала.

– Чернов, простите меня за то, что не уберегла вас. Я клянусь, что найду способ, как уничтожить этот варварский бизнес, –

пробормотала она и развернулась, чтобы выйти из морга. Перед тем как открыть дверь, она сделала глубокий вдох, как будто собираясь с силами, которые были ей крайне необходимы для того, чтобы продолжить работу, убрав с лица вид, свидетельствующий о том, что она присутствовала при ужасных событиях.

Глава 11
Беккер готовиться выполнить задание

Беккер обнаружил идеальную позицию для наблюдения за местным военным лагерем, которая находилась на окраине леса, сразу за деревней, между одиноким деревом и кучей хвороста, и он тут же ее занял. Достав бинокль, одолженный у дяди Василия, он начал наблюдать за окружающей обстановкой. Майкл сказал, что бинокль нужен ему для того, чтобы получше изучить изменения местности, которую он уже толком и не помнил. Дядю подобные доводы не убедили, но он не стал докапываться до истины.

Старый ангар и его задворки были окружены двухметровой оградой из колючей проволоки, на которой висел знак, предупреждающий, что по забору проходит электрический ток высокого напряжения. Но Беккер не заметил поблизости какой-либо подстанции или подключения к внешней линии – такой линии здесь попросту не существовало, значит напряжение на проволоке маловероятно или вовсе отсутствует. У главных ворот находилось трое охранников – они пили чай и читали газеты. В самом же здании лагеря и его окрестностях солдат не было.

Трудно было поверить в то, что для организации взрыва клиники ему необходимо было украсть взрывчатку у повстанцев, которые покупают или отвоевывают ее у украинских военных, а также получают в качестве материально-технической помощи от российских спонсоров, тогда как украинцы покупают взрывчатые вещества и оружие у россиян за деньги, которые им выделяет правительство США.

План Папса был прост: взрывчатка должна быть украдена и должна быть изготовлена в России, тогда впоследствии после взрыва ее можно будет отследить и повесить «вину» за взрыв на русских или украинцев. Разведданные, предоставленные Папсом, относительно местонахождения военного лагеря, а также склада с боеприпасами, были достоверными, но Беккеру все равно было не по себе, поскольку он не мог понять, *зачем ему это делать?*

Неужели в мире живут одни невежды и тупые имбецилы? Почему? Почему мы, Соединенные Штаты Америки, предоставляем оружие и денежные средства на покупку оружия, которое будет украдено или продано, а впоследствии еще использовано против нас или наших союзников? А как же насчет повстанцев? Это ведь относительно небольшая группа местных жителей, которые не хотят ассоциировать себя с Украиной. Не могу понять, почему их нельзя попросту арестовать? Каждый большой или маленький предмет вооружения содержит GPS маячок. Люди Папса знают о местонахождении каждой единицы стратегического вооружения. Они размещают маячки даже в российских автоматах Калашникова – внутрь наплечника, чтобы отслеживать их при продаже. О подобных вещах даже дети смотрят по телевизору.

Беккер осмотрелся:размышлял ли он только что про себя или вслух? Взрыв в ресторане не прошел без последствий: его часто мучили головная боль, головокружения и даже галлюцинации. Однако подобные приступы длились не дольше нескольких секунд – уже через мгновение Майкл был в полном порядке и продолжил выполнение задания.

Рассмотрев все, что ему требуется со своей первоначальной позиции наблюдения, Беккер спрятал бинокль, достал из рюкзака карту данной местности, которую он купил вчера, и начал искать на ней какую-либо отметку, указывающую на этот лагерь. Поскольку данная миссия была чрезвычайно секретной, ни Папс, ни Милтон не предоставили ему карту или иную информацию, написанную на бумаге – был слишком большой риск попадания ее в руки противоборствующих разведок. Беккеру пришлось самостоятельно набросать карту, используя элементарные приемы рисования. Хвала Господу, он прошел спецподготовку, иначе бы не смог отличить север от юга на крупномасштабных картах, предназначенных для туристов.

На карте была указана местность, находившаяся вокруг лагеря, но ни самого лагеря, ни здания, куда Беккеру необходимо было проникнуть, там не было. Он перевернул карту и набросал карандашом на обратной стороне очертания рельефа местности, а также указал местонахождение лагеря и здания. Майкл инстинктивно догадался, что это было именно то здание, которое ему необходимо, поскольку в разведданных было сказано, что оно находится на территории лагеря. Кроме того, это было единственное охраняемое сооружение, которое было обозначено надписью «ОДИН».

Майкл вспомнил, в разведданных, которые ему дал Милтон, было сказано, что лагерь охраняется слабо, и потому он мог чувствовать себя достаточно уверенно.

Беккер осмотрел местность и отметил про себя, что лагерь окружен лесом со всех сторон, а это давало ему возможность пробраться к зданию незамеченным. Он спрятал карту в карман куртки, взял рюкзак и скрылся среди деревьев.

Как только Майкл нашел другое место, которое можно было использовать как наблюдательный пункт, он опустился на землю и снова достал из рюкзака бинокль. Возле здания находились всего лишь несколько солдат, но их внимание было полностью поглощено игрой в карты – они были уверены, что в такой глуши им не придется вступать с кем-либо в бой. Беккер поднял взгляд на крышу здания и увидел там надпись «ОДИН» – это именно тот объект, который ему нужен.

Лагерь был огражден по всему периметру электризуемым проволочным забором, но на той стороне, где расположился Беккер, отсутствовало караульное помещение, и было безлюдно. Он сканировал близлежащую территорию с помощью специального приложения для мобильного телефона на предмет наличия камер наблюдения или каких-либо других электронных устройств слежения – программа ничего не обнаружила.

Майкл положил бинокль в рюкзак, еще раз проверил, не находится ли поблизости кто-то из повстанцев и двинулся к забору короткими и беззвучными перебежками. Он притронулся к двум точкам на заборе отверткой с изолированной рукоятью, чтоб проверить, есть ли в них напряжение – электрический ток по забору не шел. «*Отлично*», – подумал он.

Беккер вынул из рюкзака большое одеяло и набросил его поверх забора, возле столба, чтобы не пораниться о колючую проволоку. Мысленно смерив высоту забора, начал карабкаться по столбу. Довольно легко на него взобравшись, Майкл положил руку вдоль верхней горизонтальной рейки, перебросил ноги через проволоку, при этом крепко ее сжав. Он почувствовал легкий укол в левом предплечье, но в остальном прыжок завершился успешно – не зря же он тренировался. По крайней мере, он смог попасть на территорию лагеря. По внутренней стороне его ладони тоненьким ручейком струилась кровь. Беккер вытер ее одеялом, которое он предварительно снял с забора и начал движение по направлению к намеченной цели.

Упершись спиной о цементную стену здания, заглянул в окно, находившееся чуть выше его плеча.

В здании склада стояли рядом два танка Т-72 и «русский джип» УАЗ-469. В другой части здания не было ничего, кроме деревянных ящиков, сложенных в разных концах помещения и в центре.

Довольный тем, что его никто не заметил, и отсутствием людей внутри помещения, Майкл вынул из кармана куртки небольшую черную сумочку. В ней лежал стеклорез, который он тайком взял у дяди Васи. Беккер сделал круговой надрез на окне, вынул стекло и отодвинул щеколду. Затем убрал стеклорез обратно в сумочку, открыл окно и залез внутрь склада.

На полу лежали две груды каких-то материалов, накрытые бледно-зеленым брезентом , а также дюжина коробок и несколько деревянных ящиков. В металлических чемоданах Беккер обнаружил гранатометы РПГ-7 и реактивные гранаты РПГ-22. В деревянных ящиках нашел дюжину автоматов АК-47, полуавтоматический пистолет «Грач» МП-443, снайперские винтовки «Винторез» и ручные гранаты. Не теряя времени, Майкл схватил пистолет «Грач», кобуру и несколько обойм. Зарядив пистолет, пристегнул кобуру к поясу. *«Как же хорошо снова быть при оружии!»* – подумал Беккер. МП-443, или ПЯ, – пистолет, состоявший на вооружении в армии РФ, имел магазин на 18 патронов с двойной подачей пуль: для Беккера не существовало лучшего страхового полиса, тем более, что эта версия пистолета была усовершенствованной. «Откуда в этой дыре обновленные версии оружия?» – промелькнуло в голове Беккера.

Но хорошо, что он теперь знал о существовании этого оружия на случай, если ему придется пробивать себе путь для отступления из Лесового, но в данный момент Майкла больше беспокоило, то, что он до сих пор не нашел взрывчатку. Ее не оказалось в том месте, которое было указано в инструкции и он уже начал переживать, что заряды куда-то перевезли. В следующей коробке Беккер нашел дюжину противопехотных мин ОЗМ-3. Затем он стянул брезент и открыл следующий ящик.

–Наконец-то,–пробормотал он,обнаружив ящик с пластичной взрывчаткой ПВВ-5А российского производства. Сняв с плеча рюкзак, Майкл наполнил его брусками и детонаторами.

Беккер уже собирался уходить, как на него внезапно снизошло озарение: ему открылся ответ на вопрос *«зачем?»*, который не давал ему покоя в то время, когда он осуществлял наблюдение за зданием. «Я чувствовал себя отделенным от этой земли, потому что воспитывался как американец, но во мне по-прежнему течет украинская кровь, – бормотал Майкл себе под нос. – *Меня направили сюда, потому что мои корни находятся в этой части мира. Но что бы подумала обо мне бабушка, если бы узнала, что мне приказали еще больше разрушить то место, где я был рожден? А как же дядя, что он почувствует?*

От подобных мыслей у Майкла внутри все пылало – в нем закипала смесь гнева и сожаления. Он также подумал о Елене, специально ли она держится от него на расстоянии? Возможно, она что-то подозревает? Или, может быть, она подумала, что он – член террористической организации. *«Господи, Майкл, Миша, – думал он, – сейчас не время размышлять о морали. Выполни задание, очисти свое имя и начни все сначала».* Беккер знал, что размышления о морали выбьют его из колеи и вгонят в могилу, он был сейчас совсем не в настроении схлопотать от кого-то пулю – только не сегодня.

Он быстро покинул здание тем же путем, что и попал в него, снова перемахнул через забор, используя одеяло и технику преодоления вертикального препятствия и осторожными перебежками выбрался на край леса, где наконец-то остановился, чтобы передохнуть.

Беккер снял рюкзак, опустил его на землю, а сам прилег. Вынув карту из кармана куртки, посмотрел на нарисованную там диаграмму и написал «ОДИН» возле рисунка, которым был обозначен склад с оружием. Затем он начал искать больницу на карте местности. Хотя Майкл прекрасно знал, где она находится, это было элементом подготовки: последовательно выполняй каждый шаг, не отступай от намеченной цели, не ищи кратчайших путей, только если это не путь к отступлению. Его сердце бешено стучало, и в то же время он оставался спокойным: солдаты не погибают – они лишь отправляются выполнять другое задание.

Придя к клинике, Беккер начал небрежно прохаживаться перед зданием, не забывая слегка прихрамывать каждый раз, когда он попадался кому-то на глаза или шел по открытой местности. Он оглядел фасад больницы и отметил, что на нем находится только одна камера наблюдения, направленная на центральный вход. Беккер не мог взять в толк, почему объект, на территории которого изготавливают биологическое оружие, не охраняется более надежным образом.

Возможно, его глаза заметили не все: Беккер снова достал свой мобильный телефон и просканировал фасад больницы, точно так же, как он это делал возле склада со взрывчаткой. Программа нашла лишь одну камеру и ни одного прослушивающего устройства. Он попытался найти этому какое-то объяснение, но это было совсем не то, чему его учили.

Майкл продолжал осматривать близлежащую территорию. Он увидел одного охранника, который курил, сидя у центрального входа. Беккер пошел к стене под таким углом, чтобы охранник его не мог видеть, и установил взрывчатку за водосточной трубой. Он втиснул детонатор в брикет и направился к следующему углу здания, где тоже установил бомбу. После того как Майкл поставил ПВВ-5А на каждом углу здания, ему необходимо было попасть внутрь и разместить взрывчатку на стратегически важных точках.

Беккер заметил, что возле больницы постоянно находятся группы людей, которые выходят и заходят в здание. Он сделал заключение, что неподалеку происходят боевые действия. Но если в этом здании так много зараженных и больных, пусть даже это и враги, то почему же тогда эти люди не предпринимают каких-либо мер по защите? Во всем происходившем было что-то такое, что опять порождало у Беккера гложущее чувство, от которого он не мог отделаться, – оно было слишком навязчивым.

Беккер подошел к центральному входу, не переставая при этом прихрамывать. Охранник лишь бросил на него ленивый взгляд и отвернулся, всем своим видом показывая, что ему совершенно нет дела до очередного раненого солдата. *Почему он не остановил меня или хотя бы не попросил предъявить какое-то удостоверение?*

Майкл кивнул охраннику, пытаясь показать тем самым свое уважение, и понял, что тот его заметил, но намеренно смотрит в сторону. Беккер прошел мимо него, вошел в здание и направился к двери, на которой было написано: «Не входить – идут ремонтные работы». Дверь была закрыта, и, чтобы открыть ее, Майклу пришлось смастерить отмычку из взятой у дяди скрепки для бумаги и заколки, которую он вытащил из волос Елены. Через минуту старый замок щелкнул и дверь отворилась. Майкл вошел в нее, спустился по лестнице и осмотрелся: он находился в большой, занимавшей почти всю площадь подвала комнате, которая была разделена перегородками на три части. Майкл установил взрывчатку за бойлером, еще одну под электронной панелью и последнюю под водосточными трубами.

Убедившись, что установленные им бомбы останутся незамеченными, Майкл поднялся по ступенькам наверх, прошел через фойе и покинул здание через главный вход, по-прежнему прихрамывая. После этого он направился к дядиному дому. Закрыв за собой ворота, Майкл сбросил рюкзак и зашагал по тропинке к крыльцу.

———— ♦ ————

Войдя в дом, он вытащил телефон и начал расхаживать взад и вперед, высматривая, не приближается ли кто-то к дому дяди. В конце концов, он ввел сообщение, предназначавшееся Папсу: «Нашел цветы – выбор большой. Могу также посадить в офисе ОДИН».

Ему показалось, что ответа пришлось ждать несколько часов, хотя на самом деле прошло всего несколько минут: «Спасибо. Клиент будет доволен. Сажать только в доме. Когда сможешь начать?»

На Майкла опять нахлынуло гложущее чувство – настал час спросить Папса о том, есть ли смысл доводить миссию до завершения: «Стучался в дверь – никого нет дома. Обследовал почву – проблемных грядок не обнаружил. Удобрение уже на месте. Подтвердите, что клиент нуждается в полном озеленении».

Настала очередная пауза, показавшаяся Майклу вечностью, которая была прервана сигналом о том, что пришло сообщение: «Клиент подтвердил – полное озеленение. Клиенту видней. Наше дело исполнять. Подтверди, что понял и готов начать».

Теперь для Папса настал черед ждать. Майкл Беккер прокручивал в памяти все, произошедшее с ним до этого момента, хотя годы военной подготовки научили его, что промедление смерти подобно. Он пребывал в нерешительности: в голове роились мысли о родителях, которых он потерял еще будучи ребенком, о бабушке и дяде, которые были единственным напоминанием об украинской крови, текущей в его жилах, о Стефани и Милтоне, о войне, шрамах, Ираке и...

Майкл взглянул на телефон – он знал, что следует делать, чему его учили в армии. «Понял. Завтра приступаю к полному озеленению».

В ответ пришло короткое «Спасибо».

Когда Майкл смотрел на это сообщение, то у него было какое-то плохое предчувствие, хотя оно всегда появлялось перед началом какой-либо миссии или операции... или проекта. Он уже собирался выключить телефон, как ему пришло еще одно сообщение: «Не забудь поменять поливочный шланг».

Беккер знал, что значат эти слова: он выключил телефон, перевернул его, вырвал аккумулятор вместе с начинкой и растоптал все ботинком.

—————— ♦ ——————

Елена продолжала выполнять свои обязанности , общалась с врачами и пациентами, но вид у нее был встревоженный, и она постоянно смотрела на часы. Когда они показали 11:30, она вздохнула с облегчением и пошла к посту медицинского персонала отметиться, что уходит на обед, а затем отправилась в служебное помещение. Вышла оттуда она, одетая в пальто, пряча руки в карманах.

Проходя мимо стола, где сидела дежурная медсестра, Елена выдавила из себя улыбку и сказала:

– Увидимся после обеда.

Затем пересекла фойе и вышла на улицу.

Она шла по обочине, опустив глаза вниз. Последнее, чего ей сейчас хотелось, повстречать кого-то из своих близких знакомых, ведь она еле сдерживала слезы. Войдя в бар, девушка села у барной стойки и заказала выпивку. Когда бармен поставил перед ней стакан с алкоголем, она выпила одним махом, как настоящий голливудский ковбой.

– Повтори, пожалуйста, – сказала она мужчине за стойкой. На ее красивом лице застыл пустой взгляд.

Бармен поднял брови от удивления:

– Уже несу, – ответил он и повернулся взять бутылку водки.

—————— ♦ ——————

На следующий день после бессонной ночи и еще одного утра на работе, полного переживаний, Елена опять пошла в бар, но на этот раз села в кабинке. У нее было обеспокоенное выражение лица, глаза блуждали по сторонам.

Через несколько минут в бар вошел Майкл и направился к Елене. Она посмотрела на него и улыбнулась.

– Рада, что ты смог прийти, – сказала она, указывая на стоящий напротив диванчик. – Присаживайся.

Майкл улыбнулся ей в ответ.

– Спасибо, но сначала позволь, я возьму нам что-то выпить. Что будешь?

– Водку и соленые огурчики.

– Нет проблем.

– Рюмку водки и бокал пива для меня. Можете еще найти для нас соленых огурчиков? – спросил он у бармена. Мужчина кивнул, налил напитки и поставил их перед Майклом. Потом он пошел на кухню, принес оттуда тарелку с солеными огурцами.

– Спасибо, друг, – поблагодарил его Майкл и расплатился.

Он вернулся с выпивкой в кабинку и сел напротив Елены. Она кивнула и посмотрела на него: на Майкле были потертые джинсы, футболка и поношенная кожаная куртка. Тем не менее он выглядел привлекательно.

– Для небольшой деревни здесь многовато людей, – сказал он, оглядываясь вокруг.

– Это единственный бар-ресторан в округе, – сказала Елена, сделав глоток водки. – Сюда приходят люди из других деревень.

Майкл взял с тарелки огурец и предложил Елене. Она кивнула и откусила кусочек с его руки, с задором глядя ему в глаза. Беккер доел огурчик, пытаясь выглядеть при этом равнодушным.

Внезапно ему захотелось позабыть обо всем и просто быть Мишей – без прошлого и будущего, живущим только сегодняшним днем.

– Владелец должен открыть еще несколько баров в радиусе пяти километров, – выпалил Майкл. – Он станет миллионером, а мы сможем пить с тобой где угодно в разных местах.

Елена улыбнулась.

– Значит, ты нам прочишь будущее странствующих алкоголиков?

– Нет, исследователей с конкретной целью!

– Я думала, что в Америке такие парни, как ты, постоянно заняты работой. Может, через пару лет ты сам станешь миллионером и скупишь здесь все бары.

Майкл сделал большой глоток пива.

– Было бы неплохо, но с моей работой это может занять немного больше, чем пара лет.

– Чем ты занимаешься, Миша?

– Сейчас? Ничем. Я почти восемь лет служил в армии – участвовал в нескольких иракских кампаниях. Не раз попадал в крупные передряги и терял близких друзей – мы вернулись домой, а война все продолжалась. Потом я узнал, что моя девушка бросила меня ради другого. Мне нужно было найти место, где бы я мог привести мысли в порядок, и бабушка мне посоветовала...

– Твоя бабушка! Она еще жива? – воскликнула Елена и недоверчиво посмотрела на Майкла.

– Да, ей восемьдесят лет, но выглядит она на сорок или тридцать. Еще, наверное, меня переживет.

– Она предложила тебе приехать сюда, чтобы отдохнуть. Она в курсе, что здесь происходит?

– Нет. По правде говоря, она уже давно просила, чтобы я наведался на могилу родителей и снова побывал в местах, где провел детство. Расскажи теперь о себе. Как давно ты работаешь медсестрой?

– Тоже где-то около восьми лет. Мой бывший парень получил травму головы, когда работал в шахте. Травма была очень тяжелой, а я не знала, как ему помочь. Потому и стала медсестрой, чтобы в следующий раз я могла что-то сделать для него.

– И как, сделала? – спросил Майкл.

– Нет, когда произошел очередной несчастный случай, то ему ничем нельзя было помочь.

– Сожалею об этом. А ты, я так понял, продолжила работать медсестрой, – сказал он, угощаясь закуской с тарелки.

Елена тоже взяла огурец и сказала:

– Я больше ничем не хотела заниматься – здесь для меня не нашлось бы другой работы. Могла бы работать на ферме, но они позакрывались. Могла бы работать в магазине или в этом же баре. Но можешь себе представить, чтобы я стояла за прилавком и прислуживала этим придирчивым и порой наглым людям. Кроме того, мне действительно *нравилось* работать в больнице: видеть, как поправляются пациенты, заводить с ними дружбу, подбадривать их и их семьи в трудную минуту. Я просто хотела заниматься чем-то полезным. И даже сейчас, после того как местные силовики захватили власть, я чувствую себя человеком, у которого есть желание помогать другим.

– Нравилось?

– Что, прости? – переспросила с ухмылкой Елена.

– Ты сказала, что тебе нравилось. Что-то случилось?

– Я... ах... я имела в виду *нравится*. Я подумала о Дмитрии, – ответила она, жуя огурец и уставив взгляд в почти пустую рюмку водки.

– Дмитрий. Значит, так его звали? Я было подумал, что дело в охранниках, которые стоят у входа, – продолжал задавать вопросы Майкл.

– Охранники? – ее голос вновь звучал отвлеченно. – Они находятся там для защиты пациентов и медперсонала, все-таки идут боевые действия.

– Кажется, что ты не очень-то веришь, что они там именно с этой целью.

– Нет... то есть, – она заглянула в рюмку и покачала головой.

– С тобой все в порядке? – спросил Майкл, кладя свою руку поверх ее. – Ты не заболела? Позавчера, когда я впервые увидел тебя после скольких лет, ты выглядела счастливой. А сегодня ты чем-то обеспокоена. Что случилось?

Елена потрясла головой, но не убрала руку.

– Ты о чем? Со мной все в порядке, просто устала.

Майкл сделал большой глоток пива.

– Когда я пришел сюда, то ты была рада меня видеть, но теперь настроение у тебя кардинально поменялось. И это каким-то образом связано с твоей работой, потому что когда разговор зашел о твоей больнице, то было очевидно, что тебя это расстроило. Понимаю, я приехал сюда совсем недавно, и ты знаешь о происходящем здесь намного больше, но до меня дошли слухи, что в этой больнице создают биологическое оружие. Я беспокоюсь о том, чтобы ты не подхватила какой-нибудь вирус.

Предполагаю, что именно по этой причине ты запретила мне заходить внутрь больницы.

Елена сидела с широко открытыми от удивления глазами. Это был самый продолжительный монолог, который она пока что слышала из уст Майкла. Она взяла рюмку и одним махом выпила все, что в ней оставалось.

– Биологическое оружие? Это глупости. Нет там никакого биологического оружия.

– Да, но ведь это вещь, которую не станут рекламировать по телевидению, разве не так? Ты можешь и не догадываться о существовании такого оружия до тех пор, пока вас не поставят перед фактом.

Елена чуть было не упустила рюмку на стол.

– Ох... извини. У меня сегодня все валится из рук.

Она отряхнула несколько капель водки с халата и посмотрела на Майкла.

– Может быть, ты прав. Если в больнице содержат какие-то контагиозные вещества, то они бы уже давно оказали влияние на многих людей, в том числе на меня... на всех, кто хоть как-то связан с этой больницей. Но я почему-то думаю, что проблемы больницы заключаются совсем не в этом. Вчера там было всего тридцать семь пациентов, а сегодня уже тридцать шесть. Все они тяжело раненые ополченцы.

Майкл пытался найти в словах Елены оправдание тому, что он собирался сказать.

– Значит, они все равно умрут, разве не так?

Елена была в недоумении.

– Что ты имеешь в виду?

– Ничего. Они ведь все равно умирают, правда?

Она не совсем понимала, к чему клонит Майкл.

– В большинстве случаев, они выздоравливают – в этом и состоит задача работников и самой больницы. Но всегда есть те, кому не удается поправиться, и они умирают.

Майкл пытался найти в словах Елены рациональное зерно.

– Просто скажи: сколько человек отправилось домой после лечения в больнице?

Елена ухмыльнулась и взяла из миски еще один огурчик.

– Знаешь, а это хороший вопрос. Не могу припомнить, чтобы хоть один пациент в последнее время отправился домой. Но ведь это нелепо! – сказала она и умолкла. – Я никогда об этом не задумывалась. К нам привозят только тяжелораненых. У нас скорее небольшой военный госпиталь, а не больница.

– Я понял. Это очень необычно: все тяжело ранены или мертвы.

Елена посмотрела на Майкла – было похоже, что она вот-вот заплачет.

– Прошу тебя, не говори так.

– Скажи мне, Елена, – спросил Майкл. – Ты бывала во всех частях больницы? Есть ли такие места, куда доступ посторонним запрещен? Что насчет этажей, где нет палат – что там происходит?

Елена отвернулась в сторону, пытаясь найти предмет, на котором можно было бы сосредоточить внимание, чтобы не думать о том, что ей довелось увидеть в морге.

– Нет, я не бывала во всех уголках больницы, но мне также довелось там увидеть такое, что хочется стереть из памяти! Почему ты меня спрашиваешь об этом? Куда ты клонишь? – спросила Елена. Она уже была готова расплакаться.

Беккер понял, что зашел слишком далеко.

– Я просто беспокоюсь о тебе. Ты выглядишь встревоженной, – он помолчал с минутку, а затем предложил:

– Давай продолжим этот разговор как-нибудь в другой раз.

Несколько минут они сидели молча. Майкл допил свое пиво. Они посмотрели друг другу в глаза, пытаясь найти там успокоение.

– Хочешь еще выпить? – предложил Майкл, показывая глазами на пустую рюмку.

Она подумала и ответила:

– Нет, мне достаточно. Спасибо, Миша. Послушай, я... есть... не знаю уже. Мне нужно возвращаться на работу.

Она резко встала. Майкла это слегка застало врасплох – он тоже поднялся.

– Елена, я не знаю точно, что происходит в этой больнице, но думаю, что тебе не стоит завтра ходить на работу, возьми отгул или что-то в этом роде.

– Почему?

– Я... я хочу провести завтрашний день с тобой. Как ты сказала, сегодня у тебя голова не на месте, может быть завтра все будет по-другому. Прошу тебя! – попросил он, взяв девушку за обе руки.

Она подумала о том, какими они были с Мишей в детстве. Мир тогда казался таким непохожим на нынешний – безобидным и беззаботным. Они не раз встревали вместе в передряги, часто ссорились, но она считала Мишу другом на всю жизнь. И вот сейчас он стоит перед ней, а ее разум витает в каких-то непонятных далях.

– Я подумаю, – сказала она, пристально смотря Майклу в глаза. А потом, помолчав, добавила:

– В котором часу ты бы хотел зайти? – спросила она и наконец-то улыбнулась. – Но только не слишком рано. Поскольку это будет выходной, то я бы хотела подольше поспать.

– Хорошо. Как насчет 10:30? Скажи мне свой адрес, и я тебя разбужу. Как тебе такая идея?

– Мне незачем говорить тебе мой адрес. Я по-прежнему живу с родителями – ты должен помнить, где находится наш дом, ведь в детстве мы проводили там немало времени.

Когда они выходили из бара, Майкл поднял глаза к небу.

– Дай подумать... В конце деревни, поворот налево на последней дороге и затем четвертый...

– Пятый, – поправила его Елена.

– Пятый дом на правой стороне улицы.

– Чудесно, ты помнишь.

Они ускорили шаг. Майкл все еще держал ее за руку.

– Не только милое личико, – вставил он.

Елена рассмеялась и поцеловала его в щеку.

– Кто это сказал?

Они вместе подошли к больнице, и Майкл ответил на ее поцелуй в щеку и добавил еще один в лоб.

Елена помахала ему рукой, уже стоя на другой стороне улицы, а затем вошла в здание больницы.

Глава 12
Сомнения Беккера

Майкл уже долгое время мечтал о нежных отношениях. Когда он узнал, что Стефани бросила его ради другого мужчины, то почувствовал себя потерянным и безразличным ко всему вокруг. Но сейчас он ощущал, как в сердце зажегся небольшой огонек – он как будто вспомнил о том, что еще молод и в состоянии опять полюбить, да еще такую красивую девушку, как Елена. Кроме того, им обоим пришлось страдать от потери любимых людей и других жизненных трудностей.

Проводив Елену, Беккер повернулся и пошел к дому дяди Васи – на сердце у него была легкость, которой он не ощущал многие месяцы.

Когда Майкл уже подходил к небольшим деревянным воротам у дядиного дома, путь ему преградили несколько мужчин в камуфляже. Один из них, державший за ремень автомат Калашникова, или попросту АК-47, повернулся к Майклу и сказал:

– Эй! Стоять, мужик.

У него был низкий, гортанный голос. Двум другим вооруженным мужчинам на вид было около сорока лет. Поведение командира вызвало улыбку на их лицах.

Майкл повернулся и ответил:

– Добрый день, товарищи.

– Ты кто такой? Как тебя зовут и что ты здесь делаешь? – продолжал расспрашивать его командир группы.

– Меня зовут Михаил. Михаил Беккер. Здесь живет мой дядя. Я тоже здесь родился, а приехал, чтобы побывать на могиле родителей – они погибли в автокатастрофе много лет тому назад.

– Есть сведения, что ты – шпион, заброшенный к нам прямо из Пентагона. Неужели у американцев дела идут так худо, что они вынуждены нанимать на работу евреев? Кстати, для американцев мы не товарищи, особенно для американских евреев! – голос главаря становился суровым и враждебным. Его спутники громко хохотали и наслаждались разыгрывающимся перед ними представлением.

– Послушайте, я несколько лет служил в армии. Но получил ранение и был уволен. – обратился он к более агрессивному ополченцу, который, по-видимому, был командиром этой группы, а затем посмотрел на остальных двух. – Вы серьезно меня допрашиваете или просто насмехаетесь? Я просто хочу отдать дань уважения родителям, а затем вернусь к себе домой в Лос-Анжелес. Меня не особо интересует, что здесь происходит, и я не ищу неприятностей на свою голову. Позвольте мне просто вернуться домой и лечь спать – у меня жутко болит голова.

– Такой большой солдат, ходит с Еленой по барам и вдруг у него голова разболелась – как-то оно не клеится, тебе не кажется?

Повстанец подошел вплотную к Майклу и спросил, пристально смотря ему в глаза:

– Что ты делал в больнице? Тебе требовалась неотложная помощь?

«Если бы они заметили, как я устанавливаю взрывчатку, то они бы меня не допрашивали, а расстреляли на месте или, по крайней мере, отвели к командиру. Они просто испытывают меня».

– Сержант Крестов, он, наверное, в больнице свои яйца искал, – пошутил один из его подчиненных.

– Я лишь проводил Елену на работу. Мы дружим еще с детства. Не понимаю, на что вы намекаете. Я устал и хочу пойти домой, – Майкл пытался придать своим словам инфантильный тон. Он опустил руки и потупил взгляд в землю, как провинившийся ребенок.

– Зачем Елене проводить время с таким отбросом, как ты, даже минуту? – сказал главный группы и сплюнул Майклу под ноги.

– Сержант, пошли! Я говорил тебе, что это просто калека, пустое место – жид тупой.

Майкл склонил голову и закрыл глаза.

«Жид тупой?» А что, если я сейчас вам двоим ублюдкам со всей дури ногой заеду в пах, а затем выколю пальцем вашему ферзю его тупой голубой глаз и перегрызу его глотку?

Майкл не поднимал головы до тех пор, пока солдаты не скрылись из виду. У него было учащенное дыхание, его трясло, и выглядел он подавленным. На самом деле Беккер старался обуздать свой страх, но боялся он совсем не этих вооруженных хамов, а того что он мог не сдержаться и разорвать их на части. При иных обстоятельствах, эти мерзавцы валялись бы мертвыми, не успев сказать даже двух слов. Беккер почувствовал полную брезгливость и не только к тому, что было сказано, но и к тому, как эти «герои» вели себя в присутствии его, такой обученной военной машины, как Беккер: держать автомат за ремень или через плечо, или пристегнуть кобуру сзади, как это было у третьего ополченца, да у них не было ни малейшего шанса. Просто шантрапа. Беккер еще раз дал себе приказ держаться и не давать эмоциям взять верх над его разумом. Надо выполнить задание. Беккеру в какой-то мере было жаль местных, выбитых из колеи людей без всякой надежды на стабильное будущее. Но он отгонял эти мысли, так как они еще больше заводили его в тупик. Солдата Беккера не обучали решать глобальные, политические или моральные вопросы. Поэтому Беккер понимал, что концентрация и дисциплина есть залог успеха выполненного задания и возможность остаться в живых.

Этим вечером Елена постучала в дверь дяди Васи. Она весь день думала о Майкле и уже не могла ждать до завтра, чтобы увидеться с ним. Ей хотелось завести с кем-то отношения, но казалось, что ее не стоит ни один мужчина, который ей попадался. Однако Майкл был совсем не такой: когда она стояла рядом с ним, то чувствовала себя как за каменной стеной – он ее понимал и мог бы полюбить. У Елены был многогранный характер. Для большинства людей она была нежной и заботливой женщиной и лишь немногие знали ее с другой стороны. Когда Елена чего-то хотела, то ничто не могло ее остановить – она была как поезд, у которого отказали тормоза. И если кто-то осмелится встать у нее на пути – она безжалостно сметет любое препятствие.

Сегодня Елена хотела Майкла. Казалось, что весна уже возымела на нее магическое действие, наполнила ее сердце новыми эмоциями и пробудила спящие любовные чувства и мечты.

Улыбка, светившееся на лице Майкла, когда он открыл ей дверь, говорила о том, насколько он рад ее видеть.

– Какой сюрприз, – сказал он, открывая двери настежь. – Входи, пожалуйста.

– Нет, спасибо... я не могу. Я встретила в магазине местных ополченцев. Они говорили, что были у тебя, и о чем-то между собой переговаривались и смеялись. Вот я и зашла узнать, все ли с тобой в порядке.

– Как видишь, все хорошо, – сказал Майкл, и в этот момент позади него появился Василий.

– Лена, – сказал он с подчеркнутой радостью в голосе. – Рад тебя видеть. Заходи на чашечку чаю.

Елена подумала и ответила:

– Не могу, дядя Вася. Мне нужно возвращаться домой – уже поздно. Спасибо за приглашение.

– Как хочешь, – сказал Майкл строго. – Но я все равно провожу тебя домой. Хорошо?

– Не стоит... Я как раз собиралась сделать уборку в доме, мои родители поехали в город за новыми паспортами. Они вернутся не раньше, чем завтра вечером.

– Больше ни слова, – перебил ее Майкл и схватил свою куртку с вешалки возле двери. – Это еще одна причина, почему я должен убедиться, что ты в безопасности – я не позволю тебе возвращаться одной.

Елена радостно улыбалась – она рассчитывала на то, что Майкл поступит именно таким образом.

Как только они дошли до ее дома, она быстро открыла дверь и вошла внутрь – Майкл последовал за ней. Елена бросила ключи на столик в прихожей, а затем резко обернулась, обняла Майкла и робко поцеловала его в губы.

Он улыбнулся, прижал ее к себе и поцеловал в ответ со страстью, подобной которой он уже давно не ощущал. Выпустив Елену из своих объятий, он подумал о Стефани, часть его не хотела верить в то, что она навсегда исчезла из его жизни – ушла к другому, а другая часть сейчас хотела Елену. Она, несомненно, ответит ему взаимностью. И почему это он должен чувствовать себя виноватым? Он не мог сказать Елене, что дома его ждет девушка – ее ведь на самом деле уже не было.

Отбросив попытки разрешить эту дилемму, он позволил эмоциям и сердцу принять решение вместо него и снова прижал к себе Елену. Их поцелуи были искренними и страстными.

Когда она открыла глаза, чтобы взглянуть на Майкла, он уже решил для себя, что ни при каких обстоятельствах не оставит ее сейчас одну.

Он взял ее на руки и понес в спальню, где любовь на какое-то время затмила все переживания и невзгоды. В тот момент не нужны были слова или объяснения – в этом мире не было никого, кроме них.

Через некоторое время Майкл повернулся к Елене и приподнялся на локте. Он должен был ей во всем признаться.

– Мне нужно тебе кое-что сказать.

– Я знаю, – сказала она, гладя его по щеке ладонью. – Она тебя ждет дома, правда?

Майкл кивнул и потупил взгляд.

– На самом деле, она меня *ждала*, а потом бросила... Написала в письме, что нашла другого мужчину.

– Но если ты ее любишь, то вернешься домой и отвоюешь ее обратно.

Он покачал головой и откинулся на подушку.

– Я не пытаюсь навязывать кому-то свою любовь. Это было ее решение...

Они полежали с минуту молча, а затем Майкл сказал:

– Пойми, что законы природы оказывают влияние на все, что нас окружает и на нас самих. И все стремится к равновесию. Почему? А потому что это состояние, в котором все разносторонние силы компенсируют друг друга. Мы все находимся в положении, которое является для нас самым подходящим и естественным. Ты понимаешь, что я хочу сказать? Смотри, двое людей могут быть вместе, только если между ними существует подобное равновесие. Если ты заставишь кого-то принять положение, которое на первый взгляд кажется комфортным, – он взял руку Елены и поднял ее вверх. – Видишь, я могу некоторое время удерживать твою руку в таком положении, но удобнее всего будет, если ты положишь ее на кровать. Я не смогу все время удерживать ее поднятой. Если я попытаюсь вернуть Стефани, то подобные отношения могут быть для нее неестественными и неприемлемыми, и удержать ее долго в подобном дискомфорте будет нереально. Поэтому следует доверять своему партнеру, чтобы вместе чувствовать подобное равновесие.

– Так ты, получается, поэт или физик? Проще говоря, ты утверждаешь, что люди хотят чувствовать себя комфортно в отношениях, иначе они станут искать что-то лучшее и более подходящее, правда? Зачем ты все усложняешь, профессор? – сказала с улыбкой Елена.

– Я не причисляю себя к умникам, но я всегда готов слушать и учиться. Посмотри, к примеру, на ситуацию с глобальным потеплением. Некоторые ученые утверждают, что Земля нагревается, и винят в этом людей. Я же говорю, что мы слишком ничтожны, чтобы оказывать хоть какое-то воздействие на природу!

– Но разве ты не знаешь, что ледяной покров на Северном полюсе уменьшается и от этого зимы становятся короче? – заметила Елена.

– Я согласен! Но за какой исторический период у нас есть статистические данные? За двести или триста лет? Но ведь жизнь на Земле существует уже около четырех миллиардов лет. Разве не следует это принимать во внимание? Но ведь я не ученый. Я просто хочу сказать, что если Стефани нашла человека, с которым обрела равновесие или гармонию, то я не имею права вмешиваться, если действительно ее уважаю и люблю.

– А сейчас в постели ты был со мной или со Стефани? Каковы шансы, что у нас с тобой установится равновесие, профессор? – улыбнулась ему Елена. – Если честно, то я думаю, что ты чего-то не договариваешь.

– Я был с тобой, Лена, – Майкл взял ее руку и нежно поцеловал. – Ты права, я не могу многого рассказать, чтобы не подвергнуть тебя опасности. Скажу лишь, что я в растерянности. Не обижайся, но именно в подобные моменты ко мне на выручку приходила Стефани и помогала разрешить сложные вопросы.

– Давай попробуем, может быть, у меня тоже получится, – Елена приподнялась, положила руки Майклу на грудь и поцеловала его. – Почему бы и нет, чемпион?

– Хорошо, посмотрим... Я был в Ираке, и во время выполнения одного задания произошел взрыв в ресторане – погибло очень много людей. Выжил лишь я, но именно на меня впоследствии повесили всех собак. Я вернулся в Лос-Анжелес, и там по моей вине погиб человек. Теперь я здесь, значит, случится что-то плохое. Я как бы никогда не нахожусь на задании, но складывается такое впечатление, что я участвую в задании постоянно движущих меня сил. Я не властен над ситуацией, но всегда оказываюсь в гуще событий. Ты понимаешь, о чем я говорю?

– Да, кто-то манипулирует тобой!

– Нет. Это невозможно. Это надежные люди – они мои друзья. Если бы не они, то я бы гнил в тюрьме где-нибудь в Ираке или Лос-Анжелесе. Теперь я здесь, и если мои сведения являются правильными, то эта больница – центр по производству биологического оружия.

– Биологического оружия? Опять? Что это значит? – спросила ошарашенная Елена. – Среди нас постоянно находятся наблюдатели от Красного Креста – они контролируют все, что происходит в больнице: как мы лечим повстанцев, какую помощь им оказываем и так далее. Если бы что-то подобное происходило в нашей больнице, то они бы уже давным-давно об этом знали и прекратили бы снабжение медикаментами и продуктами питания.

– Это значит, что в больнице создают смертельное оружие, вызывающее эпидемии, которые приводят к массовому вымиранию людей, – парировал Беккер.

Затем он продолжил:

– Боюсь, что ты находишься в очень опасном положении, и потому я хочу, чтобы ты оттуда ушла.

Елену подобный тон застал врасплох. Немного придя в себя, она ответила:

– Тебя не было целую вечность, а теперь ты приезжаешь и требуешь, чтобы я бросила работу. Ты такой же, как и все остальные мужики: хочешь, чтобы все было по-твоему!

Елена чувствовала себя одновременно рассерженной и обиженной. Она никогда не могла бы подумать, что Миша станет требовать от нее подобного.

Через некоторое время она сказала:

– Хорошо, Миша. Какой бы ни была ситуация, я хочу, чтобы ты был уверен в том, что поступаешь правильно, собери все факты, проанализируй их и поступай так, как считаешь нужным. Тебе следует научиться доверять самому себе. Никто не сможет этого сделать, кроме тебя самого. Когда я с тобой, то чувствую себя в безопасности – уверена, что ты в любом случае примешь правильное решение. Миша, пойми, ты настоящий мужчина. Поверь в себя и поступай как мужчина.

Наверное, она права: я должен быть более решительным. Когда я выступал на соревнованиях по карате, то всегда знал, когда и куда следует ударить противника. Необходимо научиться также быстро реагировать и на жизненные ситуации. Карате было для меня смыслом бытия – значит, теперь я должен использовать свой шанс и стать тем чемпионом, которым мне тогда не суждено было стать. Жизнь открыта передо мной – я должен ее завоевать. Я – настоящий мужчина! Лена абсолютно права.

Я знаю, что могу позаботиться о своей женщине. Знаю, что сумею сделать все: оказывать ей поддержку и... Он повернулся, чтобы поцеловать ее в лоб.

Елена посмотрела на него.

– Миша, ты теперь мой! Стефани уже нет рядом – она не даст тебе нужный совет. Но поскольку она была твоим другом, то посоветовала бы тебе задать тот же вопрос самому себе , ведь только ты знаешь правильный ответ.

Майкл обдумывал слова Елены, но она прервала его размышления.

– Миша, у меня есть основания подозревать, что в больнице творится что-то неладное, но это никак не связано с биологическим оружием. Но я смогу тебе об этом рассказать лишь завтра.

Майкла беспокоило то, что Елена упомянула работников Красного Креста: в разведданных, которые ему предоставил Папс, о них ничего не было сказано. Это еще более усложняет миссию. Но он должен позабыть об этом на время, до тех пор пока Елена не расскажет ему больше о том, что знает.

Майкл закрыл глаза, но перед этим сказал:

– Давай больше не будем об этом говорить сегодня, слишком много информации нужно переварить. Лучше просто насладимся временем, проведенным друг с другом. Мне нужно решить этот вопрос, но я также не могу себе позволить потерять тебя. Давай отложим это до завтра, пойдем к озеру на другом конце леса и проведем там целый день – тогда и поговорим. А сейчас пусть тебе приснится завтрашний выходной, а мне – ты. Никакой работы завтра? Обещаешь?

– Обещаю, никакой работы!

Майкл запланировал взорвать утром больницу, затем встретиться с Еленой у озера, рассказать ей обо всем и предложить уехать с ним в Штаты. Елена же хотела найти для Майкла подтверждение того, что в больнице занимаются нелегальным забором органов. И потому она отправится завтра туда – не на работу, а для того чтобы добыть доказательства.

Елена так до конца и не поняла, что Майкл рассказывал о биологическом оружии. Она повидала достаточно смертей и увечий как в деревне в больнице, так и в других местах своей страны, чтобы иметь приблизительное представление о том, что он говорил. В таком случае в окрестностях больницы должно было бы находиться значительное количество солдат, хотя она не могла припомнить, чтобы там когда-либо появлялись настоящие военные транспортные средства. Но ей не хотелось сбрасывать со счетов догадки Майкла.

Внезапно ее осенила мысль: *«Как Мише удалось узнать обо всем насколько быстро, а я ни о чем не подозревала, хотя работаю там уже много лет?»* Этот вопрос теперь не давал ей покоя, и она решила, что непременно задаст его Михаилу завтра при встрече.

Сейчас же Елена позволила себе растаять в осознании того, что Миша – большой, сильный и *красивый* – вернулся к ней совсем не на краткое мгновение. Она всю жизнь ждала своего суженого, и теперь он здесь – спит рядом, похожий на нежного великана. Елена слушала его дыхание и смотрела, как поднимается и опускается его грудь – это было похоже на то, как в летний день мирно шумят волны Черного моря. Проводя руками по его твердым скулам и мускулистым рукам, она вновь чувствовала, что внутри у нее снова разливается тепло. *«Завтра»*, – подумала она, почти отругав себя, и сразу же погрузилась в сон.

Глава 13
Клиника должна быть взорвана!

———————◆———————

Давидсон закончил конференц-звонок, в котором он участвовал по настоянию Папса, с чувством потраченного на пустую болтовню времени. «*Так и есть*, – думал он. – *Папс по какой-то причине держит меня в неведении относительно миссии на Украине, хочет, чтобы я занимался другими делами и не совал свой нос куда не надо*».

Агент Давидсон сидел за своим рабочим столом и жевал карандаш – с помощью этого трюка он боролся с желанием опять начать курить. Ему не удавалось подавить чувство, возникшее после того, как Папс сообщил об украинском задании.

– Да пошло оно все, – сказал он вслух. – Я хочу курить.

Давидсон непроизвольно полез в ящик стола за припрятанной там сигаретной заначкой, но ее там не было: он выбросил зажигалку и пачку сигарет восемь месяцев назад, когда решил навсегда покончить с курением.

Давидсон был уверен в том, что он многого не знает о миссии на Украине, поскольку Папс – человек, который безоговорочно следует всем процедурам и процессуальным нормам – никогда раньше не отклонялся от протокола. Что-то было не так с этим заданием, ведь Давидсон знал, что он должен быть персоной номер два – заместителем руководителя миссии. «*Он никогда не держал меня в неведении*», – думал Давидсон.

Он собирался было пойти «стрельнуть» у кого-то сигарету и заодно получить ответы на некоторые вопросы, как на пороге его офиса появился Дюрант и деловито постучал в дверь.

– Заходи, – сказал Давидсон,сделав пригласительный жест рукой. Его легкие были безмерно благодарны нежданному гостю за то, что он спас их от ядовитого дыма.

– Доброе утро, Крис, – сказал Дюрант, открывая двери. – У тебя найдется свободная минутка?

– Думаю, что да. Чем могу помочь?

– Я ищу Папса. Насколько мне известно, вы с ним вместе проводили конференц-звонок. – Милтону не особо хотелось объясняться с Давидсоном. Они были плохо знакомы и почти не работали вместе, хотя Давидсон *пока что* был заместителем Папса, но Милтон уже получал приказы непосредственно от самого начальника.

Давидсон ответил ему:

– Папс отправился в Порт Хвайними, чтобы проверить груз, который должен быть доставлен в Афганистан. Это часть миссии «Лед».

Агент Давидсон также с большой осторожностью делился информацией с агентом Дюрантом, ведь в мире спецагентов заслужить доверие очень непросто, даже среди коллег по отделу. Минутная тишина, воцарившаяся в офисе, была очень красноречивой: Дюрант зашел в кабинет непосредственного начальника, не удосужившись пояснить, почему он нарушает субординацию и ищет контакт совершенно не по протоколу. Давидсона разъедала неуверенность в себе, и он списывал это на Дюранта.

Тишину прервал Милтон, который в итоге смог выдавить из себя:

– Хорошо, спасибо, Крис.

У него пересохло во рту, а голос звучал отстраненно.

Милтон наконец-то ушел, и Давидсон знал, что если он хочет раздобыть больше информации о миссии на Украине, то ему следует действовать быстро. Его беспокоило также, что Дюрант искал Папса: годы службы научили его, что следует всегда находить знаки, указывающие на то, когда человек врет, обеспокоен, испуган, ощущает чувство вины или что-то скрывает. Прочесть Дюранта было нетяжело: он нервничал и что-то скрывал. Ответы на многие вопросы, которые проносились в вышколенном мозгу Давидсона: почему Папс не посвящает его в суть дела; почему младший агент приходит в кабинет и ищет контакта с «большой шишкой»; почему это задание кажется столь подозрительным и что в конце концов на самом деле задумал Папс – находились где-то в кабинете его начальника. Ему следует пробраться в офис Папса и незаметно осмотреть его.

И вместо того чтобы искать в своем столе сигареты и зажигалку, Давидсон взял запасные ключи от офиса Папса и вышел в коридор.

Милтона тоже беспокоили некоторые вопросы, и он хотел найти на них конкретные и сиюминутные ответы. Он отправился на нижний этаж, где находился отдел коммуникации и связи, поднес свою идентификационную карточку к панели электронной системы охраны и дождался, пока раздастся щелчок замка, сигнализирующий о том, что ему дозволен вход. Зайдя внутрь, Дюрант немедленно отправился к столу, за которым сидел агент Фримонт, и попросил разрешения увидеть электронный журнал сводок текущей информации по всем действующим операциям.

– Эй, Милти, – попытался поддеть его Фримонт, выводя записи на рабочий стол своего компьютера. – Как поживает твоя сестра? Я же говорил тебе, познакомься она со мной, ее бы уже никто другой не заинтересовал.

Но агенту Милтону Дюранту было сегодня не до шуток.

– Дай взглянуть на сводку, болван, – сказал он презрительно.

– Хорошо, хорошо, *агент Дюрант*, – уступил Фримонт, напуганный агрессивным настроением коллеги.

Милтон подошел к компьютеру и ввел в строку поиска слово «Кузнец» – это было кодовое название задания на Украине, на выполнение которого он отправил Майкла, но никаких данных система не нашла.

– Когда ты последний раз проводил системное обновление данных? – спросил Милтон.

– Брось, дружище. Ты ведь сам связист и прекрасно знаешь, что все обновляется каждые три минуты. Я скачал всю новую информацию как раз перед тем, как ты вошел, – сказал Фримонт. – Скажи мне, что ты ищешь, и если я наткнусь на эту информацию, то дам тебе знать.

Не удовлетворив докучливого любопытства Фримонта, Милтон спросил:

– Можешь предоставить мне удаленный доступ к системе?

– Не могу, братишка, даже коллеге-связисту. Только с разрешения Папса – ты ведь сам знаешь.

Милтон знал об этом, но, как говорится, попытка не пытка.

– Папс в отъезде, а мне нужно контролировать выполнение задания. Это чрезвычайно важно.

– Ага, они все чрезвычайно важные, – сказал Фримонт, даже не глядя на Милтона.

Милтон бросил взгляд на Фримонта и, поняв, что не сможет заставить агента нарушить установленный распорядок, покинул этот этаж. Ему непременно нужно было узнать, как дела у Майкла. Попасть в офис к Папсу было невозможно – к тому же, он не был уверен в том, что сможет довериться агенту Давидсону, но ситуация по Майклу стала сильно беспокоить Милтона.

– Черт тебя дери, Папс, почему ты не держишь меня в курсе дела? – прошептал про себя Милтон, минуя бронированные двери, которые с громким щелчком закрылись за ним.

На следующее утро Майкл проснулся ровно в семь часов утра и выскользнул из кровати. Он убрал с лица Елены локон волос, оделся и направился к выходу. Беккер немного задержался у двери, бросил взгляд на милую девушку и улыбнулся, увидев, как она ворочается во сне, а затем тихо вышел из дома. Шагая по деревенским улицам, которые были окутаны весенним туманом, Майкл размышлял о том, почему этот мир так сложно устроен. Прошлой ночью он занимался любовью, а сейчас собирается уничтожить больницу, хотя не был абсолютно уверен в том, что зло, которое его послали искоренить, притаилось именно там.

Беккер еще постоял некоторое время у ворот дядиного дома, размышляя о последних двенадцати часах, а также о том, что ему предстоит сделать за следующую половину суток. «*Тот еще денек*», – пробормотал он про себя.

———— • ————

Давидсон направлялся к офису Папса, в руке у него была папка. Он прихватил ее с собой, чтобы не вызвать подозрения у других агентов. Подойдя к двери, достал мобильный телефон и сделал вид, что разговаривает:

– Говорит агент Давидсон. Да, сэр. Я возле вашего офиса, сейчас займусь поиском этого файла.

Он надеялся, что подобная уловка убережет его от подозрений и возможных доносов, касающихся его пребывания в офисе Папса.

Положив принесенную папку, Давидсон начал просматривать файлы, лежащие на столе Папса. Он толком не знал, что следует искать, но надеялся, что не найдет информации о других неизвестных ему секретных миссиях. Это только усложнило бы его поиски, которые могли бы его заставить двигаться в разных направлениях, а времени было в обрез, хотя Папс вернется не раньше, чем через полтора-два часа. Давидсон больше беспокоился о сотрудниках, которые находились неподалеку. Это было чувство, похожее на то, когда ты сделал какой-то проступок и начинаешь убеждать себя в том, что в любой момент тебя могут поймать, и тогда на голову обрушивается адское пламя.

Подойдя к шкафчику для хранения документов, Давидсон обнаружил, что он заперт - Папс никогда не оставлял важные документы в местах, где любой посторонний человек мог бы получить к ним доступ. Давидсон посмотрел на стол более внимательно и заметил там нечто, похожее на ежедневник. Он прислушался, еще раз проверил, не следит ли за ним кто-нибудь из агентов, убедился, что дверь закрыта, а затем взял книжку и равнодушно открыл ее.

На первый взгляд, вся контактная информация, содержащаяся в ней, была знакома Давидсону: там были короткие заметки о собраниях, указывалось время различных встреч. Просматривая страницу за страницей, Давидсон добрался до начала недели, и тут ему на глаза попалось нечто интересное. На одной из страниц была запись следующего содержания: «Милтон. М. Беккер, Кузнец».

В этот момент глубочайшую погруженность Давидсона в изучение ежедневника прервал стук в дверь с одновременным дерганьем ручки. *Проклятие!*

Класть ежедневник обратно и делать вид, что его не поймали на горячем уже не было смысла. Давидсон обернулся и приготовился к встрече с Папсом – он решил, что станет требовать ответов на волнующие его вопросы, и пусть Папс даже не вздумает врать!

Но в дверях стоял совсем не Папс – это был агент Дюрант. Милтон был страшно удивлен, увидев Давидсона в офисе Папса. Он пытался разузнать вести о своем друге, так как был в полном неведении, как протекает задание, на которое он фактически послал Майкла. Теперь же сам факт пребывания в офисе босса вместе с агентом Давидсоном действовал ему на нервы.

Милтон решил вести себя нагло и выпалил:

– Что вы делаете в офисе Папса? Почему это вы роетесь в его бумагах?

Давидсон немного опешил от напористости агента Дюранта, но быстро взял себя в руки и ответил:

– А почему вы здесь, Дюрант? Стоит ли вам напоминать, что я – заместитель начальника, и пока он в отъезде, мне положено вести все дела. Если у вас вылетел из головы устав, то напомню, что именно таким здесь является порядок субординации.

Давидсон видел по глазам Милтона, что его смелость очень быстро угасает.

– Мне нужно поговорить с начальником о задании на Украине, его мобильный не доступен уже второй день, – ответил Милтон. – Мой... наш агент не вышел на связь в положенное время, и меня это беспокоит.

– Ты имеешь в виду операцию «Кузнец»? – спросил агент Давидсон.

Милтон вспомнил, что Папс говорил о том, что детали этой миссии можно обсуждать только лишь с ним. Он понял, что ему следует всячески увиливать от дальнейших расспросов. Но как можно уклоняться от вопросов, которые задает непосредственный начальник, пускай даже и временный?

– Я хотел одолжить денег на новую квартиру для сестры, которая потеряла работу, Папс мне их дал, – сказал Милтон. – И когда ему потребовалась помощь с этим заданием, то он решил не привлекать вас, а поискать помощи на стороне. Он попросил меня найти подходящего агента, и я сделал это, вернув таким образом ему долг. Это не было официальным заданием, потому никакого отношения к вам не имеет.

– Ладно, – сказал Крис Давидсон и попытался изменить тему разговора. – Вы не хотите обсуждать личные дела – я это прекрасно понимаю. Замечу лишь, что брать взаймы деньги у других агентов, а в особенности у начальника, строго запрещено. Это наталкивает меня на мысль о том, что вы знаете о задании на Украине и о проекте «Кузнец» гораздо больше, чем мне сейчас рассказали. Видите ли, что-то с этим заданием не ладно. Информация не покидает стены этого кабинета – о нем знаете лишь вы, Папс и теперь еще я.

После секундных раздумий Давидсон добавил:

– Предполагаю, что выполнять эту миссию был призван некий Майкл Беккер. Могу поспорить, что он и есть тот солдат, который попал прямиком в то осиное гнездо в пустыне.

Давидсон пристально следил за тем, подаст ли Милтон какие-либо знаки – и не прогадал. Ему удалось ухватиться за нить, и потому он продолжил расспросы:

– Вы ведь знаете, что эта миссия является чрезвычайно секретной, Папс держит любую информацию в строжайшей тайне. Мы должны были разработать план «Б», но мы так этого и не сделали. Кого бы вы ни отправили на это задание, этого человека, по всей видимости, ждут громадные неприятности. Если же вы послали Беккера, то на этот раз он, скорее всего, живым не вернется.

В жизни каждого человека случаются моменты, когда его буквально начинают душить дурные предчувствия. Милтон переживал именно такой момент: его обманом заставили убедить Майкла отправиться на задание, в случае удачного выполнения которого Майкл мог бы избежать суда и получить новую личность и жизнь, но на самом деле он был послан на самоубийство, как еще одна «грязная» бомба, которую выбросил Папс.

В это же время Давидсон следил за реакцией Милтона, чтобы понять, насколько глубоко он был замешан в этом деле. Ничего определенного он увидеть не смог, но Давидсону было ясно, что надо узнать побольше о проекте «Кузнец», а также открыть шире глаза Милтону на то, что Папс использует его самым мерзким образом и это не приведет ни к чему хорошему.

Проверив осуществление доставок на базу СиБи, Папс забрался в свою машину и скривился от того, что идущее к закату солнце все же успело сильно нагреть кресла. Он думал о последнем проекте, официальном проекте под названием «Лед», о том, насколько труднее ему стало справляться с текущей работой при таком высоком спросе на органы и курировании этого проекта. Подобный темп очень быстро утомляет, и время от времени он чувствовал себя уставшим. Но тот факт, что люди готовы платить деньги за его услуги, делал подобное самопожертвование более приятным. Он уже давно не верил в россказни о патриотическом долге и прочей подобной чуши. Папс, несомненно, любил свою страну, ему нравилось обеспечивать безопасность во время проведения операций под прикрытием, но постоянные конфронтации с представителями правительства, а теперь еще и нескончаемый микроменеджмент приводили к тому, что даже такие закаленные воины, как он, Папс, уставали от своего начальства и необходимости постоянно ему потакать.

«*До Лос-Анжелеса семьдесят миль*, – подумал он, отбросив предыдущие размышления. – *Необходимо успеть вернуться в офис для получения подтверждения...*» Поток его мыслей был прерван жужжанием мобильного телефона.

– Самсон слушает, – сказал он почти раздраженно.

– Сэр, вас беспокоит агент Моррис. Звонили из Вашингтона и хотели получить бумаги по проекту «Лед», над которым работаете вы и Давидсон. Я звоню, чтобы узнать, когда вы вернетесь...

Папс прервал агента.

– Да, я только что выехал из Порт Хвайними и направляюсь в офис. Я передам тебе все бумаги, как только вернусь на работу.

– При всем уважении, сэр, но они требуют эти бумаги немедленно, кажется, они передвигают какие-то сроки. Я звоню, чтобы спросить, могу ли я попросить Давидсона или Дюранта, чтобы они мне дали эти документы – оба агента сейчас находятся в вашем офисе. Пусть кто-то из них даст мне бумаги, и я немедленно отправлю их по засекреченному факсу.

Внезапно Папс утратил способность говорить, слышать, управлять автомобилем или просто двигаться. Все, над чем он трудился всю свою жизнь, промелькнуло у него перед глазами, как кинолента, после которой последовало продолжение – фильм ужасов, трейлером к которому был проект под названием «Кузнец».

Когда к Папсу вернулось нормальное дыхание и он отбросил мысль о неизбежном роковом конце, надвигающемся на него, как грузовой поезд, он стал успокаивать себя тем, что эти двое никогда не найдут папку, в которой содержатся детали проекта «Кузнец». Да и не было там ничего, кроме карты Донецкой области. Но Папс понимал, что он крупно просчитался: если эту больницу Беккер взорвет или уже взорвал, то эта, практически пустая, папка будет связывающим звеном, ведущим к несуществующему и несанкционированному проекту «Кузнец». Папс слышал, как на него на головокружительной скорости мчится поезд, появившийся из ниоткуда.

Он взял мобильный телефон и набрал Давидсона – ответа не последовало. Агент Дюрант тоже не отвечал. Папс выключил телефон и вдавил педаль газа в пол.

———————————◆———————————

Милтон вышел из офиса Папса, пребывая в безмолвном бешенстве. Он злился из-за того, что просил деньги для Стефани. Милтон любил свою сестру, но ведь мог найти немало других способов помочь ей, а не обращаться за помощью к своему начальнику. Его учили тому, как следует сопротивляться подобным порывам души, но желание помочь ей преодолеть трудности затмило ему рассудок и толкнуло на совершение действий, которыми он никогда не станет гордиться, даже если учесть то, что все это он сделал ради благополучия сестры. И теперь он поспособствовал тому, что ее единственного любимого мужчину и его друга, которого он любил как брата, отправили на верную смерть. *«За Папсом числится еще один должок, – подумал Милтон, – и на этот раз деньги будут ни при чем».*

———— ◆ ————

Крис Давидсон удостоверился в том, что агент Дюрант находится вне зоны слышимости и видимости. Он включил свой мобильный телефон, запустил приложение «СайберСекьюр», разработанное ЦРУ для шифрования звонков, и набрал номер, подписанный как «Доктор Кренстон».

– Сэр, говорит агент Давидсон, – сказал он приглушенным голосом. – Звоню вам касательно нашего расследования деятельности агента Самсона – я нашел улики, которые мы искали.

Слушая то, что ему говорит собеседник, Давидсон поднял глаза и увидел, что в дверях стоит агент Моррис и собирается постучаться. Давидсон поднял вверх палец, показывая тем самым Моррису, чтобы он не входил в кабинет, а сам ответил:

– Он должен вернуться из Хвайними после полудня. Как только он приедет – мы его арестуем.

На этой фразе телефонный разговор завершился.

Давидсон махнул рукой Моррису, чтобы тот заходил.

– Крис, звонили из Вашингтона – им нужны документы по проекту «Лед». Я связался с боссом, чтобы он приказал вам или Дюранту передать мне эти файлы, но он просто бросил трубку.

Давидсон не обращал внимания на то, что ему говорит Моррис – проект «Лед» интересовал его сейчас меньше всего. *Папс уже едет обратно, и мы должны встретить его в полной готовности.*

– Как давно ты с ним говорил? – спросил Давидсон.

– Где-то минут 15–20 назад, – ответил Моррис.

– Он будет здесь через час, – сказал Давидсон.

– Да, но я не могу ждать так долго, –– возразил Моррис. – Эти документы нужны сейчас, или мне крышка.

– Агент Моррис, – произнес Давидсон. – Я разберусь с Вашингтоном. А сейчас мне нужно, чтобы ты и агент Джексон были наготове и ожидали возвращения Папса.

– Что происходит... – начал было возмущаться Моррис.

Давидсон поднял вверх руку, показывая, чтобы он умолк, а затем быстро посвятил его в суть расследования. Слушая рассказ Давидсона, Моррис побледнел, как призрак.

Когда Моррис отправился вводить в курс дела указанных агентов, Давидсон достал телефон и сделал звонок. Он хотел удостовериться в том, что получит всю необходимую поддержку.

После пары гудков, голос на другом конце провода ответил:

– Сенчури Парк Топ Секьюрити, чем могу вам помочь?

– Соедините меня, пожалуйста, с мистером Дэвисом.

———— ♦ ————

Беккер посмотрел на свои часы: они показывали 8:50 – до начала операции оставалось десять минут. Он знал, что должен непременно выполнить задание еще до свидания с Еленой – они договорились встретиться в лесу возле озера. Майкл также знал, что если что-то пойдет не так, то ему придется изо всех сил *мчаться* до места встречи, а затем бежать отсюда вместе с Еленой. Оставить ее здесь – а уж после того, как она узнает, что Беккер сделал, было невозможно. Он опять находился в конфликте с самим собой: отчитывал себя за то, что рассказал ей обо всем и подверг риску гражданского человека, этот аспект своей военной подготовки он полностью провалил. Но сейчас было слишком поздно, чтобы сомневаться в мотивах своих поступков – настал час осуществить проект «Кузнец».

———— ♦ ————

В Лос-Анжелесе же было 21:55, и Милтон неимоверно переживал, а точнее был до смерти перепуган за судьбу своего друга. Давидсон подтвердил все самые ужасные опасения Дюранта, из которых следовало, что Папс отправил Майкла на выполнение этого фатального задания «в один конец». Давидсон сказал Милтону, чтобы тот немедленно связался с Беккером, но все его попытки были безуспешными – на звонки никто не отвечал.

Милтон ненавидел себя и был в ярости от одной лишь мысли о том, что натворил. Все это время он пытался защищать свою семью, но теперь понял, что Майкл тоже член его семьи, ведь он любил его сестру. Наверное, он и сейчас ее любит, как это бывает у людей, которые просто не могут смириться с потерей. И теперь, когда до выполнения этого чудовищного задания оставались считанные мгновения, Милтон в отчаянии готов был просто выкрикнуть имя своего друга и ждать, пока тот откликнется. К сожалению, Майкл был сейчас очень далеко.

———— ◆ ————

Беккер направился к небольшой лесопосадке напротив больницы и спрятался за кустами. Он достал бинокль и осмотрел близлежащую территорию, а также вход в здание. Затем он достал из сумки радиопередатчик и повернул переключатель.

Майкл снова посмотрел на часы – 10:00. Пришел час реализовать проект «Кузнец».

Он посмотрел в сторону больницы и увидел человека, которого он совсем не желал там видеть: к входу в больницу шла Елена.

Беккер не мог поверить своим глазам.

– Черт побери! Что она здесь делает?

Взглянув на часы, он выключил радиопередатчик и стал ждать. Ему предстояло принять решение: отложить подрыв до следующего дня или, если Елена вскоре покинет больницу, выполнить задание сегодня!

———— ◆ ————

Прошлой ночью Елена не сомкнула глаз. Сейчас было 10:00. Она вошла в вестибюль и направилась к столу для медсестер, чтобы отметиться. *«Нужно было оставаться дома, как просил Майкл»,* – подумала она. Но ей необходимо было найти способ, как вывести всех этих людей на чистую воду. Остановить их, пока они не отобрали жизнь еще у одного невинного человека.

«Нужно обо всем рассказать Михаилу. Он думает, что в этой клинике производят какое-то оружие, но он ошибается. Нужно раздобыть улики и объяснить ему, что здесь происходит на самом деле. И затем или он поможет мне, или придется все делать самой». Елена подумала о том, что они договорились встретиться в 10:30, но дело касалось жизней других людей и потому встреча с ним может подождать.

Она взяла в руки журнал, в который вносились записи всех событий, произошедших за ночь. Елена перевернула страницу и посмотрела в направлении частной палаты. Положив журнал, она направилась туда. Открыв дверь, Елена увидела, что кровать пуста. Вне себя от гнева, она вернулась к столу для персонала, где медсестра заполняла бумаги.

– Еще один, – сказала она с возмущением.

Сестра оторвала взгляд от тетради.

– Что, прости?

– Ночью умер еще один пациент, – пояснила Елена, не скрывая своей раздраженности.

– И в чем же проблема? – спросила с ухмылкой сестра.

– Проблема в том, что практически здоровые пациенты внезапно умирают.

Сестра зашипела на нее.

– Говори потише. Да, пациенты умирают – такова судьба солдата. Я думала, что мы решили этот вопрос еще несколько дней назад.

Елена покраснела и наклонилась над столом.

– Я понимаю, но речь шла не о больных, которые шли на поправку.

Медсестра поднялась, обошла вокруг стола и стала вплотную к Елене.

– Ты можешь говорить тише?

Но Елена не собиралась повиноваться женщине, которую она считала воплощением зла. Она повысила голос.

– Скольких больных вы убьете и порежете на куски, прежде чем прекратится эта кровавая расправа?

Сестра посмотрела на Елену – от негодования ее лицо залилось краской.

– Такая молодая и красивая хочет спасти мир! Ты и твой идеализм… – сказала она с насмешкой. – Я служила Господу всю свою жизнь и видела больше смертей и разрушений, обрушившихся на моих сограждан и на мою родину, чем ты когда-либо сможешь увидеть за всю жизнь. И что я получила взамен – еще больше страданий? Нет, моя дорогая наивная Лена, я хочу увидеть красивые места, ощутить свежесть горного ветра, ласкающего мое старое уставшее лицо, поплавать в соленой воде Черного моря, пока мне еще позволяет здоровье.

Доведенная до крайнего возмущения, Елена уже не сдерживала себя.

– Да как вы смеете называть себя служительницей Господа? Вы, так же как и я, поклялись заботиться о больных, помогать страждущим и давать успокоение умирающим. Мне жаль вас, не хотела бы я оказаться на вашем месте, когда вас станут судить!

Теперь крики Елены уже были слышны и докторам, которые находились неподалеку.

Сестра схватила девушку за руку и попыталась затащить ее в свой кабинет, но Елена не двигалась с места.

Доктор подошел к столу и взял ближайший телефон.

– Вызовите охрану, – сказал он в трубку.

Елена, услышав слова доктора, вырвалась из рук медсестры. Обернувшись, она взглянула на него. Врач продолжал говорить, не сводя глаз с девушки.

– Нужно пару ребят на второй этаж, – сказал он и положил трубку.

Елена знала, что ей нельзя мешкать – скоро сюда придут охранники и схватят ее. Она бросилась в другой конец коридора, открыла двери запасного выхода и сбежала по ступенькам.

Глава 14
Задание выполнено

Беккер посмотрел на часы, затем поднес к глазам бинокль, еще раз осмотрел центральный вход в больницу. Опустив бинокль, опять взглянул на циферблат – на нем светились цифры 10:07. Выполнение задания задерживалось уже больше чем на семь минут, и Майклу необходимо было принять решение, что делать дальше.

Когда он еще раз посмотрел в направлении больницы, то заметил: там что-то происходит... В полевой бинокль Майкл увидел, как из клиники в спешке выбегает Елена.

«Слава Богу», - сказал Беккер про себя. Он взял в руку радиопередатчик и активировал его. Подняв глаза, он увидел, что вслед за Еленой из больницы выбежал охранник и, настигнув девушку, схватил ее за руку.

– Какого черта, – простонал Беккер.

Преследовавший Елену вооруженный мужчина пытался затащить ее обратно в здание. Второй охранник, стоявший на пороге и наблюдавший за происходящим, подбежал, чтобы помочь ему.

– Проклятие! Есть еще желающие испоганить мне выполнение задания? – проворчал Беккер.

Он опустил бинокль, выключил радиопередатчик, положил его в карман и стремглав побежал к больнице.

Когда Беккер подлетел к входу, Елена изо всех сил сопротивлялась охраннику.

– Отпусти меня, ублюдок, оставь меня в покое! – кричала она, извиваясь в его руках.

– Прекрати брыкаться и пойдем со мной, – огрызнулся охранник, волоча ее к двери.

– Зачем? Чтобы вы меня порезали на кусочки и распродали по всему миру? Ни за что, отпусти меня!

Елена высвободилась, расцарапав охраннику лицо, но он схватил ее за руку и заломил за спину – девушка вскрикнула от боли.

– Ты делаешь только хуже… Пошла …

Он не смог окончить предложение, потому что Беккер ударил его в кадык и ослепил, ткнув двумя пальцами в левый глаз.

Второй охранник попытался атаковать Майкла, но тот пригнулся и нанес сокрушительный удар ниже коленной чашечки – нога охранника громко хрустнула. Сделав резкое движение, Беккер оказался за спиной первого охранника, крепко схватил его за голову и свернул шею. Тело мертвого охранника еще не успело коснуться земли, а Майкл уже сделал широкий шаг по направлению ко второму упавшему землю и пытающемуся привстать охраннику. Замахнувшись ногой, он нанес яростный удар по голове охранника, как будто пытаясь забить мяч в ворота с середины поля, – от столь мощного удара ногой по голове тот откинулся замертво. Елена, освободившись из цепких рук охранников, и еще не придя в себя, почувствовала, что у нее подкашиваются колени и ее силы покидали ее – она была в шоке от того, что произошло перед ее глазами за считанные секунды. В фильмах всегда показывают, как люди дерутся и кричат от боли, как другие красиво бьют точными и красивыми движениями, но эти два охранника были приведены в состояние короткого шока, парализованы, а затем жестоко убиты в одно мгновение, и при этом они не издали ни звука.

Беккер взял дрожащую руку Елены и помог ей подняться с асфальта. В этот момент он увидел, что из дверей выбежал еще один охранник с искаженным лицом, собираясь выхватить пистолет, но Майкл его опередил – прогремел выстрел, и тело нападавшего рухнуло у ног Беккера.

– Ты в порядке? – спросил он, обернувшись к Елене, и коснулся руками ее лица.

Она кивнула, но в этот момент заметила, что очередной охранник выскочил из-за угла, и крикнула:

– Осторожно, Миша!

Беккер обернулся как раз в ту секунду, когда противник уже вынимал оружие из кобуры. Вдруг из ниоткуда появился еще один – в руках у него была винтовка, и он целился прямо в Беккера. Не раздумывая ни секунды, Майкл схватил первого охранника и заслонился его телом, как щитом. Беккер выстрелил два раза из пистолета, и уже через мгновение тот с винтовкой лежал на земле с простреленной головой.

Но до того как пули, выпущенные Беккером, раскроили охраннику череп, он успел сделать выстрел – пуля пролетела мимо Майкла и попала Елене в правое плечо.

Беккер развернул свой живой щит и ударил ему ребром ладони в носовую перегородку. Лицевые кости охранника были раздроблены – он рухнул на землю бесформенной массой, а его лицо превратилось в кровавое месиво.

Но Майкл не собирался любоваться результатами своей расправы: он подбежал к Елене, осторожно ее поднял и прижал к себе.

– Я заберу тебя отсюда, – прошептал он.

– Нет, Майкл. Лучше оставь меня.

– Не дождешься!

Он поднял ее и перенес в ближайшую лесопосадку – это было укромное место на небольшом холме, откуда он также мог незаметно наблюдать за событиями, которые разворачивались у больницы.

———◆———

На прилегающей к больнице территории царил хаос. Местные ополченцы сбегались во двор, а вход в больницу уже был забит охранниками. Вооруженные люди прочесывали близлежащие постройки и дворы в поисках Беккера и Елены.

Майкл вынул из кармана детонатор, привел его в готовность и нажал кнопку. Через секунду раздался оглушительный грохот: заряды ПВВ-5А начали взрываться один за другим. Здание больницы буквально схлопнулось и из него вырвались сотни языков пламени.

Беккер накрыл Елену своим телом, пытаясь уберечь ее от разлетающихся во все стороны осколков. Через несколько секунд деревья покрылись жутким серым слоем пепла, в то время как на месте взрыва продолжал бушевать огонь, пожирая руины здания и всех, кто под ними остался.

Как только пыль осела, Беккер принялся осматривать рану Елены.

– Что ты там делала? Я ведь сказал тебе взять выходной, – спросил он с тревогой и нежностью в голосе.

Елена подняла на него глаза.

– Мне... мне нужно было кое-что проверить.

– Это не могло подождать до завтра? – спросил Майкл с некоторой долей упрека.

Она попробовала улыбнуться и спросила:

– Что это был за взрыв?

– Больница взлетела в воздух, – сухо ответил Майкл.

– Как?

– Подозреваю, что причиной взрыва стало биологическое оружие, которое они там производили.

– Биологическое оружие? – Елена выглядела возмущенной. – Я ведь тебе говорила, что в больнице не было никакого биологического оружия. Кто тебе об этом сказал?

– До меня дошли слухи, гулявшие по деревне.

– Кто бы тебе это ни сказал – он ошибался. Ты ведь пробыл здесь недостаточно долго, чтобы *кто-то* тебе начал доверять и делиться слухами. Там не изготавливали биологическое оружие – они занимались забором человеческих органов.

Майкл был ошеломлен. «*Неужели я убил людей ни за что?*».

– Что? Откуда тебе это известно? – спросил он требовательно.

– Слишком много пациентов умирало без какой-либо на то причины, – ответила она слабеющим голосом.

– Пациенты умирают – будь то в госпитале или в обычной больнице. В особенности это касается военных: больных, зараженных или раненых солдат.

Елену передернуло, когда она услышала те же слова, которые говорила ей медсестра меньше часа тому назад.

– Я знаю, – выпалила она. – Но не в том случае, когда они идут на поправку и уже почти готовы к выписке.

– Возможно, но какие у тебя есть доказательства того, что их убивали, чтобы заполучить их органы? – Майкл пытался найти оправдание своим действиям.

– Я ходила в морг, чтобы узнать, где находятся мои пациенты – они были там.

– Ладно, но ведь морг как раз предназначен для того, чтобы хранить там трупы, разве не так?

– Да, но когда я была там, в морг вошел врач. Я спряталась в шкафу и увидела, как он вырезал здоровое сердце и положил его в контейнер, который должен был отправиться в Болгарию, в город София. В морозильной камере было множество контейнеров, предназначавшихся для того, чтобы складывать в них органы и транспортировать заказчикам.

Майкл бросил взгляд на затухающий огонь и покачал головой.

– Лживые твари, – выкрикнул он и ударил кулаком по земле.

Затем он посмотрел на Елену: на плече у нее зияла рана – она потеряла много крови, и силы очень быстро покидали ее .

– Сними цепочку с моей шеи, – попросила она.

Майкл не стал спорить. Он снял золотую цепочку и посмотрел на висевший на ней небольшой крестик.

– Надень ее.

Он кивнул и застегнул цепочку на своей шее.

– С Божьей любовью, – сказала Елена. Она попыталась улыбнуться. Их разговор внезапно прервала короткая пулеметная очередь. Майкл бросил быстрый взгляд в ту сторону, откуда раздался звук стрельбы – в один миг крепко прижал к себе Елену и вместе с ней перекувырнулся в сторону, подальше от линии огня. , Подоспевшие охранники, обнаружив мишень, начали ожесточенно палить в то место, где прятались Беккер и Елена, хотя они перекатились на другую сторону пригорка.

– Ты в порядке? – прошептал Майкл, все еще крепко прижимая к себе Елену. Она лежала неподвижно и не дышала. Он ощутил, как теплая жидкость стекает по руке, которой он придерживал девушку за спину. Майкл посмотрел на Елену – с ее лица пропала улыбка. Только теперь он заметил, что его рука была вся в крови – две пули попали ей в спину. Фактически она прикрыла Беккера, как щит, и спасла ему жизнь. Он прижал ее неподвижное тело к себе и поцеловал в лоб.

– Черт! – выкрикнул Майкл. На этот возглас эхом отозвалась еще более ожесточенная стрельба. Он выглянул из своего укрытия: два военных грузовика остановились перед дымящейся кучей бревен, камней, труб и всего того, что совсем недавно было местом, где лечили повстанцев и совершали зверские убийства.

Из грузовиков соскакивали солдаты и осматривали место взрыва, а Майкл тем временем смотрел на Елену – девушку, которую он мог полюбить.

Он закрыл ей глаза, убрал голову со своих колен и аккуратно положил ее тело на землю. Взглянув на нее последний раз, Беккер схватил сумку и побежал вниз по холму, по направлению к лесу, стараясь не попасться на глаза военным, которые находились на противоположном пригорке.

Глава 15
Эхо из Ирака

———————————+———————————

Как только Беккер выбрался из леса, умело избегая хаоса, который царил в деревне после взрыва, он сбавил шаг и неспешной походкой направился к дому дяди Васи, время от времени останавливаясь и оглядываясь по сторонам. Звуки сирен и крики, доносившиеся со стороны больницы, стихли, на улицах было безлюдно. В воздухе разносился монотонный звон церковного колокола, извещающий людей об опасности. Вокруг не было ни души. Одни прятались по своим домам, а другие отправились поглазеть на руины, которые образовались на том месте, где раньше была старая школа, служившая до взрыва госпиталем для ополченцев.

Дома, у Василия, Беккера уже поджидали, наблюдая за тем, как он приближается к воротам. Агент из Сенчюри Сити услышал за спиной тяжелый вздох, похожий на стон. Он отвернулся от окна, бросил на старика сердитый взгляд и приказал ему заткнуться.

— Он уже здесь, — сказал он напарнику и кивнул в сторону дяди Василия. — Сделай так, чтобы старик не шумел, он может нас выдать, а у меня нет ни малейшего желания гоняться за Беккером.

Дядя Василий тяжело дышал – из раны на его голове сочилась кровь, окрашивая седые волосы в красный цвет. Второй мужчина, державший его шею в захвате, прошипел на английском:

– Сиди тихо или я тебя прикончу.

– Ты ублюдок, – выпалил Василий на русском, пытаясь освободится от захвата.

– Тихо! – рыкнул первый агент. Он повернулся к окну и увидел, что Беккер подходит к входной двери. Улыбнувшись, он скользнул к стене возле двери, прижался к ней спиной и стал ждать.

Майкл открыл дверь и вошел внутрь. Увидев, что какой-то незнакомец держит дядю под прицелом, он собрался было броситься к нему, но ощутил у себя на затылке холодное прикосновение дула пистолета. Оба мужчины были одеты в красные куртки с белыми бирками и красным крестом на левой груди – это была спецформа гуманитарной организации Американский Красный Крест.

– Входи и не пытайся сопротивляться, – сказал ему второй, стоявший у него за спиной, как только Майкл вошел в дом, – иначе я сделаю симпатичную дырку в твоей голове. Произнося эти слова, он потянулся к поясу Беккера и забрал у него пистолет.

Майкл поднял вверх руки.

– Что вам нужно? – спросил он. – У нас нет денег.

Агенты захохотали, а затем тот, который стоял позади него сказал:

– Не прикидывайся идиотом, Беккер. Ты был нашей гарантией получения золотой медали на этой дистанции, а ты уже совершил свой забег, теперь настал час передать эстафету, сынок.

Второй мужчина зажал в губах сигарету, достал зажигалку и щелкнул крышкой. Беккер тут же вспомнил, где слышал этот звук зажигалки «Zippo», – в ресторане в Ираке.

– Мы с вами раньше встречались, разве не так? – спросил Беккер, пристально всматриваясь в глаза второму мужчине.

– Конечно же встречались, Беккер. Причем, с нами обоими.

Другой агент добавил:

– Помнишь? Это произошло в офисе в Сенчюри Сити, когда ты пристрелил нашего босса.

Майкл тут же догадался, почему эти двое оказались здесь.

– Не слишком ли далеко вас занесло желание отомстить? Кроме того, тот ублюдок заслуживал пули, хотя я пристрелил его непреднамеренно!

– У нас для тебя есть хорошие новости, Беккер. Наш босс жив – ты в него даже не стрелял по-настоящему.

– Что ты имеешь в виду? – опешил Беккер. – Его смерть ведь подтвердили.

– Кто? Сегодня даже новости по CNN – то же самое, что мультфильмы на телеканале «Дисней», только для грезящих взрослых. Скажи, Беккер, как можно убить кого-либо холостыми патронами? – медленно сказал охранник, упиваясь удовольствием от полного контроля над ситуацией.

– Что? – Майкл не мог поверить в услышанное. – *Я только что убил несколько десятков невинных людей, чтобы искупить свою вину за преступление, которого не совершал?*

– Именно так, тупой вояка, в пистолете были холостые патроны. А пакетик искусственной крови производит эффект прямого попадания настоящей пули. Это была экранная смерть, разыгранная, как в кино. Боевики по телеку смотришь? Ладно уж, теперь это не имеет никакого значения, разве не так?

Тем временем второй мужчина выпустил Василия и силой усадил его на стул возле печки. Затем он подошел окну и внимательно осмотрел двор.

– Нужно покончить с этим прямо сейчас, – сказал второй агент.

– Покончить с чем? К чему вообще это все? Зачем было разыгрывать этот спектакль? – спросил Майкл, все еще пребывая в недоумении.

Агент ответил, смеясь:

– Нам необходимо было, чтобы ты думал, что совершил убийство. Это помогло нашему боссу убедить тебя взяться за задание по подрыву госпиталя. Ты ведь хороший оперативник, хотя и тупой.

– Там никогда не производили биологического оружия, – сказал Майкл, переводя взгляд с одного на другого. – Зачем тогда ее требовалось взрывать?

Первый презрительно хмыкнул.

– По той же причине, что и в Ираке. Продажа органов – это очень важное дело, и в нем иногда требуется объяснять исчезновение большого количества людей? Видишь ли, Беккер, это сложный бизнес, но ты не бизнесменпотому тебе не дано этого понять.

– Если это дело такое прибыльное, то зачем уничтожать источник дохода? – Беккеру было неважно получить ответ на этот вопрос – он попросту пытался оттянуть наступление неизбежной развязки и вывести офицеров из равновесия. Ему необходимо было, чтобы они потеряли бдительность хотя бы на мгновение, и тогда он с ними разделается. Майкл переживал лишь о том, что во время стычки под перекрестный огонь может попасть дядя.

Второй снова выглянул в окно.

– Давай их прикончим и уберемся отсюда!

Дядя Василий сидел молча и переводил взгляд с одного мужчины на другого. Его веки слиплись на мгновение, но он потряс головой, как будто пытаясь отогнать сон.

Первый агент ехидно успокаивал пожилого человека, продолжая наслаждаться собой:

– Скоро уйдем. Не волнуйтесь. Забавно ведь наблюдать за тупым лицом этого недобитого супергероя.

– Вы были в ресторане и сидели за столиком, когда мы туда вошли?

Отвечать на этот вопрос даже не требовалось: Майкл и так понял, насколько продолжительными и тесными были его отношения с этими двумя головорезами. Его единственный шанс на спасение был в желании первого агента удовлетворить свое эго, наслаждаясь безвыходной ситуацией, в которую попал Майкл. Поэтому Беккер решил подразнить его .

– Кто же отдает приказы таким глупым марионеткам? Хотя с первого взгляда можно подумать, что вы никому не позволяете собой помыкать.

– Ты прав, ведь мы все друзья: ты, Милтон, Папс и мы, разве не так?

– Нам нужно уходить! – взволнованно сказал второй. – Он тянет время. Убей его немедленно или это сделаю я!

– Милтон! – выкрикнул Майкл. – Милтон Дюрант?

Теперь для него все встало на свои места: почему его друг Милтон знал, что Папс находится в Лос-Анжелесе, почему у него был статус агента и почему номер Папса был у Милтона на быстром наборе. Папсу удалось каким-то образом возыметь влияние на Милтона, и теперь он управлял им, как кукловод. Мысли в его голове проносились с бешеной скоростью. Почему он предал меня? Подходящего объяснения не находилось. Ему пришлось отбросить эти мысли, чтобы сконцентрироваться на более актуальной проблеме, как выбраться живым из этой передряги.

Дядя Василий начинал слабеть. Он пробормотал по-русски:

– Вы сукины дети!

Первый мужчина посмотрел на него и требовательно спросил:

– Что он говорит?

– Он сказал, что ты ему почти что понравился: он даже согласен тебя отодрать, если ты опустишь пистолет и приблизишься.

– Какой злобный старик, – сказал второй, отходя от окна и приближаясь к Василию. – Может, у него поубавится пылу, когда я размажу его мозги по стене.

Он сплюнул и нацелил пистолет на дядю Васю.

– Не делай этого, я не буду сопротивляться, – сказал ему Майкл.

– Не прикидывайся дураком, Беккер, – сказал первый офицер. – Мы прикончим его сразу же после того, как разделаемся с тобой. Но я сейчас в хорошем расположении духа и потому могу убить только тебя. Ответь мне лишь на один вопрос, и я обещаю, что оставлю твоего дядю в живых. На самом деле, если он выживет, то даже не будет знать, кому и что рассказывать.

– Ты хочешь знать, не девственник ли я? – спросил Майкл, демонстративно расстегивая ширинку и делая небольшой малозаметный шаг по направлению к первому агенту.

– Не сегодня, Беккер! Ты не мой типаж. Расскажи, почему они хотят избавиться от тебя, если ты такой хороший инструмент? Чем ты им так насолил? Ответь на этот вопрос, и твой дядя сможет еще некоторое время навещать твою могилу и благодарить тебя за спасенную жизнь.

– Значит, этого ты не хочешь? – сказал Майкл, указывая в паховую область. Он медленно повернулся и выставил свой зад, делая еще один незаметный полушаг к первому офицеру. – Тебе же нравится моя задница, признавайся!

Теперь он находился практически на подходящем расстоянии для атаки.

– Беккер, где же ты был, когда она была нам так нужна? – сказал первый охранник без тени иронии в голосе. – Так что будем делать?

– Боитесь, что вы будете следующими, мудаки? – пробормотал Беккер. Он был готов нанести удар в любую секунду.

– Убей этого ублюдка сейчас же! – почти заорал второй офицер. – Он просто козел отпущения и ничего толком не знает!

Первый повернулся к своему напарнику и выпалил:

– Ты идиот, этот болван может стать нашей страховкой – нашим шансом на выживание. Разве ты не понимаешь, что Папс сворачивает все операции? Как только мы его уберем, то станем тоже не нужны Папсу.

– Чушь собачья! – возразил первый. – Мы нужны Папсу. Всегда были нужны.

– Чушь собачья. Ха-ха-ха! – на ломанном английском подхватил дядя Василий.

– Видишь, даже старик над тобой насмехается, – сказал первый.

Не понимая о чем речь, дядя Василий сказал Майклу:

– Миша! Выруби первого, а я разберусь со вторым. Если ты готов, я тоже.

Первый офицер никак не мог принять решение. Он явно понимал, что идет зачистка. Работая под прикрытием Красного Креста, они не могли взорвать клинику. Поэтому на помощь прислали инструмент. Но теперь Беккера можно было бы порешить где угодно, зачем надо было это делать сейчас, рискуя конспирацией? Единственный вывод – в них уже никто не заинтересован. «Но какой выход?» – первый офицер был в растерянности, и, когда старик заговорил, он откликнулся на бессмысленную игру, чтобы дать себе время для принятия правильного решения:

– А что сейчас он говорит? Здешние двух слов на английском связать не могут.

Он развернулся к дяде Василию и направил на него пистолет.

– Это потому, ублюдок, что ты находишься на Украине. И здесь надо говорить на нашем языке.

Бормотание старика на русском языке на мгновение прервало концентрацию обоих агентов. Беккер заметил, что пистолет одного из офицеров уже не направлен на дядю, а второй даже не держал свое оружие в руке, сделав быстрое движение и отработанным коротким ударом, сомкнутыми пальцами в кадык, Беккер шокировал первого, который был ближе к нему. Дядя Василий наступил на ногу второму офицеру и навалился на него всем свои весом, отводя в сторону от себя пистолет в руке второго офицера. Послышался хруст ломающейся кости.

Беккер ударил первого левой рукой в висок, отправив его в страну грез, а дядя тем временем быстро поднялся на ноги. Он схватил свою трость, украшенную крупным набалдашником, и ударил им второго по голове. Майкл , схватил за голову первого офицера, который лежал без сознания, и резко ее вывернул. Хруст шейных позвонков ознаменовал окончание схватки – в комнате повисла тишина. Василий посмотрел на трупы, а потом на своего племянника – в его голове все еще не укладывалось то, что произошло. Беккер обернулся к нему.

– Дядя, вы в порядке?

– Чувствую себя отлично, только голова раскалывается.

Он рухнул в свое любимое кресло, чтобы дать возможность отдохнуть старому измученному телу.

– Миша, что это было?

Беккер быстро подошел к телу второго офицера и проверил его пульс – тот был мертв. Он выглянул в окно, а затем задернул шторы.

– Меня обманом заставили поверить в то, что на территории больницы изготовляли биологическое оружие – ЦРУ меня послало, чтобы я взорвал эту клинику.

– Так взрыв – это твоих рук дело?

– Да, я лишил жизни несколько десятков людей. Но я не знал, что это действительно всего лишь больница. Даже если там лечат ополченцев, я не стал бы убивать ни в чем не повинных военных и работников. Меня очень умело подставили люди, которым я доверял, – сказал Майкл, испытывая неимоверный стыд за содеянное. Он не знал, как рассказать дяде о смерти Елены – внутри у него была пустота.

Василий вздохнул и спросил:

– Что собираешься теперь делать?

– Мне нужно вернуться в Америку и отомстить за произошедшее. Но сначала избавиться от этих двух, – сказал он, кивая в сторону трупов.

– Сейчас на это нет времени, Миша. Если кто-то из выживших после взрыва видел тебя, они могут донести главарям ополченцев и те откроют настоящую охоту на тебя.

– Дядя Вася, – сказал Беккер с сожалением, – во что же я вас впутал?!

– Мой мальчик, не беспокойся ты о старике. Я всегда находил общий язык с ополченцами – выкручусь и в этот раз. Я не позволю, чтобы ты ушел из жизни раньше положенного срока, как твои родители. Собирай вещи и отправляйся к отцу Петру.

Беккер посмотрел на него с изумлением. Он помнил это имя: отец Петр ехал с ним в одном вагоне, но Майкл не знал, что священник тоже вышел в Лесовом. Как он мог его не заметить?

Майкл сказал с удивлением:

– Зачем? Чем он может помочь?

Дядя издал сдавленный смешок и начал вытирать лоб и голову носовым платком.

– У нас еще остался порох в пороховницах, а также остались друзья, хоть и немного, но они надежные. Теперь ступай, увидимся позже.

Майкл пристально посмотрел в глаза дяди, а потом они встали и крепко обнялись. Дядя Василий немного застонал: побои, нанесенные ему двумя офицерами, давали о себе знать. Они надеялись, что это не последняя их встреча, но вслух ничего не сказали.

Через десять минут Беккер уже шел по околичной дороге к деревенской церквушке, прячась от посторонних глаз за воротами домов. Проходя мимо кладбища, где была могила родителей, он остановился, встал на колени, но через несколько секунд снова продолжил свой путь.

Майкл нашел церковь, открыл ржавые скрипящие ворота, подошел к тяжелой входной двери и толкнул ее – она открылась.

———— • ————

Мчась по трассе обратно в офис, – казалось, путь туда занимает целую вечность, – Папс был в состоянии думать только о том, что же в его жизни произошло такое, что жизни других людей, будь-то американцы или иностранцы, перестали для него что-то значить. Забор органов должен был быть разовым дельцем, но оно приносило такую прибыль, что Папс решил не останавливаться. Со временем он начал получать от этого такое же удовольствие, как и от других заданий. Так продолжалось до тех пор, пока он уже забыл, где находится грань между добром и злом, это была своеобразная эйфория.

Однако Папс все же пришел к выводу: необходимо разработать план выхода из этого бизнеса. Он все-таки был по призванию неким «решалой»: мог решить что угодно и кого угодно, будь то плохой или хороший человек, или любая безвыходная ситуация.

Затем он вспомнил молодые годы, проведенные в армии: как он получал офицерские награды и продвигался по службе благодаря усердному труду и бесстрашию, а не заискиванию перед начальством, этим он очень гордился. Ему всегда поручали самые сложные задания. Нужно что-то стереть с лица Земли – звоните Папсу. Нужно кого-то отправить в мир иной – звоните Папсу. Всегда звоните Папсу.

Положив локоть на дверцу автомобиля и уперев кулак в подбородок, Папс размышлял о том, не стал ли он жертвой манипуляции. Возможно, он был просто псом на поводке. Подобные мысли ему были неприятны, и он решил выбросить их из головы.

Но в голове Папса царил хаос: ничего уже не имело смысла, он пытался сконцентрироваться и придумать план действий. Но пока думал лишь об одном: если они нашли в его офисе хоть какие-то изобличающие его бумаги, ему конец. Все его темные делишки станут достоянием общественности. Впереди он уже видел Федеральное здание. Несмотря на то что кондиционер в машине работал на полную мощность, Папсу было трудно дышать и он с трудом справлялся с управлением.

«Скоро все будет кончено».

На этаже, где находился офис Папса, вовсю шли подготовительные действия: агенты проверяли оружие и бронежилеты, Давидсон разрабатывал план взятия Папса под стражу и беспрестанно звонил в Вашингтон. Воспользовавшись этой суматохой, Милтон сумел ускользнуть из расположения. И хотя Давидсон не пытался возложить всю вину на агента Дюранта, на самом деле Дюрант был ценным свидетелем, в котором нуждался Давидсон. Дюранту придется дать исчерпывающие показания, что сделает его главным свидетелем при осуждении Папса и его головорезов, которые на него работают. Давидсону необходимо было срочно найти Милтона.

Агент Милтон Дюрант быстро и незаметно покинул этаж, на котором располагался офис ЦРУ, вышел из здания и направился к своему автомобилю. Он проехал два квартала к надземной железнодорожной станции и припарковался между двумя эстакадами. Выйдя из машины, он в спешке открыл багажник и достал оттуда чехол с винтовкой. В его сторону шли двое мужчин, но Дюрант показал им свое удостоверение, и они быстро скрылись из виду. Милтон проверил все механизмы винтовки – она работало исправно. Теперь ему оставалось лишь ждать.

Давидсон прибежал в холл офисного центра и приказал охранникам заблокировать все выходы из здания. Затем он потребовал, чтобы ему показали все записи камер наблюдения за последние полчаса. Его приказ был выполнен, и уже через минуту он увидел на мониторе то, чего так опасался: агент Дюрант покинул территорию, прилегающую к зданию. Теперь Давидсон уже начал всерьез переживать относительно намерений Милтона.

———◆———

Прозвучавший звонок вывел Папса из состояния крайней задумчивости. Ему звонил Дэн Дэвис – Папс нажал кнопку «Ответить».

– Папс, это Дэн, где тебя черти носят?

– Я подъезжаю к своему офису. В чем дело?

Голос Дэвиса был очень взволнованным.

– Давидсон ищет тебя. Он позвонил мне и попросил подкрепление – хочет арестовать тебя, как только ты появишься в офисе.

Папс был необыкновенно спокоен.

– Он пояснил, почему собирается это делать?

– Сказал, что уже долгое время вел расследование, касающееся твоей деятельности, по приказу из Вашингтона, и теперь у него есть достаточно доказательств, чтобы навсегда упрятать тебя за решетку. Они поджидают тебя.

Папс ответил:

– Они не могли нарыть на нас много компромата: я специально держал документы в разных местах. Единственный, кто может нас сдать, – это Дюрант. Но я купил его молчание за деньги, которые были ему нужны, чтобы помочь сестре.

– Папс, этого недостаточно. Если он заговорит и расскажет кому-либо об иракском проекте «Полная очистка» или этой миссии на Украине, то нам конец. И тебе не удастся утащить меня за собой.

Папс знал: Дэвис прав и ему следует найти Милтона и разделаться с ним до того, как тот успеет заговорить.

Он сказал Дэвису:

– Встретимся перед входом в банк напротив кладбища. Надо покончить с Дюрантом. В моем кабинете есть карта, на которой отмечена больница на территории Украины. Мы можем свалить всю вину на Дюранта, и никто не опровергнет наших показаний.

Дэвис знал, что этот план неоснователен, но не стал спорить, а просто ответил:

– Выезжаю.

———— ◆ ————

Папс набрал номер Милтона.

Взглянув на передний экран телефона, Милтон гневно сузил глаза и ответил:

— Агент Дюрант вас слушает, чем могу помочь, *босс*?

Очевидная напряженность в голосе молодого человека вызвала улыбку на лице Папса, он попытался говорить по-отцовски учтиво:

— Агент Дюрант, как у тебя дела, дружище?

— Бывало и получше, Папс. Думаю, нам следует поговорить.

— Согласен, — сухо ответил тот. — Где ты сейчас находишься?

Милтон ответил:

— Может, ты скажешь мне о своем местонахождении?

Он надеялся, что Папс приближается к тому месту, где он засел со снайперской винтовкой, готовый в любой момент спустить курок.

— Сынок, не делай опрометчивых поступков. Я знаю, Давидсон уже поджидает меня, но перед тем как сдаться, я хотел сначала поговорить с тобой. Видишь ли, мой друг, ты замешан в делах, о которых даже и не подозреваешь. Есть нелегальные задания, в которых повсюду упоминается твое имя. Так что, если меня схватят, то я уже не смогу тебе помочь, когда они придут по твою душу.

— Ты спасешь меня так же, как сделал это с Беккером?

Папс практически увидел, как на лице Милтона появилась презрительная усмешка, когда он задавал этот вопрос.

— Послушай, мы ведь все знаем, что жертвы, риски и случайности — это неотъемлемые составляющие борьбы за свободу нашего мира. Беккер был нам нужен: у него уже не было шансов начать нормальную жизнь, потому я попросту сделал так, чтобы его навыки принесли пользу хотя бы нашему делу, — продолжал Папс. — Мы знаем, что может настать час, когда нам придется пожертвовать своими жизнями во имя демократии, ради того, чтобы не дать преступникам вершить свои дела. Давай поговорим, пока еще не слишком поздно.

Дюрант пребывал в замешательстве, не зная, что ему делать дальше. Все свидетельствовало о том, что Папс хочет заманить его в ловушку, но это также может быть единственной возможностью поквитаться с ним, пока до него не добрался Давидсон.

Милтон ответил ему спокойным голосом:

– Говори, где мы можем встретиться.

– Национальное кладбище, церковь Боба Хоупа. Я буду там через двадцать минут. Агент Дюрант, все будет в порядке, я всегда оказываюсь прав.

Когда телефон Милтона зазвонил опять, то определитель показал номер Криса Давидсона. Он смотрел на экран: если ответить, то Давидсон потребует сообщить ему свое местонахождение и вернуться в офис ЦРУ, тогда возможность убрать Папса будет упущена. Но следовало учесть, что Папс очень опасен – Дюрант знал об этом, впрочем, как и все остальные. Милтон мгновенно взвесил все за и против: он не знал, жив ли еще Майкл, а Стефани и мама – это единственные небезразличные ему люди, которых он должен защитить. Дюрант проигнорировал звонок, упаковал винтовку и поехал к Национальному кладбищу.

Так и не дозвонившись к Милтону, Давидсон оставил ему сообщение, в котором говорилось, что он обязан выполнять его приказы: вернуться в офис и оказать помощь в поимке Папса – это был его единственный шанс реабилитироваться. У Давидсона не было времени на отслеживание мобильного телефона Дюранта. К тому же тот мог его выбросить или оставить специально, чтобы сбить их со следа. Теперь Давидсону оставалось лишь надеяться на то, что Милтон увидит сообщение, пока не станет поздно.

Глава 16
Убежище в церкви

———————————

Беккера удивила стоявший в церкви полумрак. Когда его глаза начали понемногу привыкать, он заметил в боковой части алтаря несколько горящих свечей. Они притягивали Майкла, как огонек манит мотылька. Вокруг было тихо, ощущалось интригующее присутствие чего-то потустороннего. Беккер закрыл за собой двери и пошел по центральному проходу между рядами. Он снял с плеча рюкзак и положил его на скамью. Майкл уже не был уверен ни в чем и ни в ком. Не желая больше испытывать судьбу, он расстегнул кобуру, нащупал пистолет, который раньше принадлежал одному из офицеров охраны и стал осторожно осматривать помещение, пытаясь выявить возможные угрозы.

Внезапно он услышал знакомый голос:

– Здравствуй, Миша. А я ожидаю тебя. Благодарю, Господи, за то, что уберег его!

Майкл резко развернулся на пятках и привычным движением направил пистолет в сторону говорящего. Но увидев лишь священника, который выходил из ризницы, Майкл опустил пистолет. Это и вправду был Петр, который ехал с ним в одном вагоне.

Беккер подошел ближе и сказал:

— Снова здравствуйте. Откуда Вы узнали, что я приду?

— После того, как ты вышел от Василия, он позвонил мне от соседей, чтобы сказать, что отправил тебя ко мне. А о твоем прибытии меня предупредил скрип ворот — я уже давно собираюсь смазать петли, но все времени не хватает.

Беккер вложил пистолет обратно в кобуру и кивнул.

— Подозреваю, что дядя рассказал вам о затруднительном положении, в которое я попал.

— Да, сын мой. Я рад, что он послал тебя сюда. Я помогу тебе всем, чем смогу, но только Бог сможет тебя понять, дать сил и направить на путь истинный.

— Простите, — пробормотал удивленный Майкл.

— Дядя также сказал мне, что после твоего ухода к нему нагрянули военные и расспрашивали о твоем местонахождении, а также сказали , что нашли тело молодой женщины, которая была связана с подрывом больницы.

— Как им удалось так быстро догадаться о том, что я к этому причастен? — спросил Беккер, досадуя, что не рассказал дяде о погибшей Елене и что именно его следует винить в ее смерти.

Петр склонил голову и смотрел на свои руки, сложенные на груди.

— Тебя видели с ней вчера в публичном месте. И, когда новость о ее смерти разлетелась по округе, работники бара указали на тебя, — Петр поднял глаза и взглянул на Беккера. — И разве часто в нашу деревню приезжает американец и через несколько дней взлетает на воздух больница?

Майкл Беккер, бывший сержант «зеленых беретов», чувствовал себя потерянным и запутавшимся: ему было не по душе, кем он стал, но другой жизни он не ведал. В армии он прошел отличное обучение, на протяжении долгого времени у него был повод защищать свободу, защищать слабых, жить честно и быть в мире с самим собой. Но он начал задумываться над тем, осталось ли что-то от его личности, кроме этих установок. Все, чего ему хотелось сейчас, – это просто стать Майклом Беккером и снова обрести внутреннее спокойствие. *«Церковь – это, наверное, лучшее место, где можно начинать самовосстановление»*, – подумал Майкл.

Он уныло кивнул.

– Да, батюшка, я понимаю, – он сделал паузу. – Значит, меня разыскивают военные? Посоветуйте, что мне делать.

Отец Петр положил руку Майклу на плечо и сказал:

– Спрячься, сын мой и не показывайся до тех пор, пока все не поутихнет. Здесь есть место, где тебя никто не найдет.

Он мягко подтолкнул его в сторону ризницы.

– Идем со мной, поторопись.

Через мгновение оба мужчины стояли в диаконнике старой церкви. Отец Петр подошел к книжному шкафу, стоявшему в углу комнаты, отодвинул его и вытиснул один из кирпичей в стене. Через мгновение перед ними бесшумно приоткрылась потаенная дверь, священник двумя руками и весом своего тела открыл ее перед Майклом.

– Видит Бог, это самое надежное место, где ты мог бы спрятаться.

Майкл заглянул в комнатушку и согласно кивнул.

– Отец, почему вы помогаете мне, не задавая при этом никаких вопросов?

– Сын мой, я знаю твоего дядю, я отпевал твоих родителей. Вы для меня как семья. Я пристально за тобой наблюдал, когда мы ехали в поезде. Да, сейчас я не стану задавать вопросы, но сделаю это, когда наступит подходящее время, Бог тому свидетель – я расспрошу тебя обо всем и буду ожидать от тебя искренних ответов. Теперь заходи внутрь, обустраивайся, я принесу тебе немного молока и хлеба.

Сказав это, отец развернулся и пошел за трапезой.

Майкл осмотрел свои новые апартаменты и присел на койку. В углу комнаты на полу стоял довольно большой фонарь, работающий от батареи. Майклу он был знаком, это был переносной фонарь, используемый солдатами в биваках. Майкл стал рассматривать, как подается воздух, но приход отца Петра прервал его мысль. Он принес молоко и хлеб и сказал:

– Вот тебе поесть насобирал, поблагодарим Господа за эту пищу. Этим не наешься, но все же лучше, чем ничего.

Майкл поднялся и взял небольшой кусок хлеба и стакан молока из рук отца:

– Спасибо. Вы очень добры ко мне. Скажите, вы ждете, что они сюда придут?

– Святой храм – одно из первых мест, куда придут искать человека, скрывающегося от полиции или военных. Я знаю, они придут.

– Отче, надеюсь они не нанесут вреда ни вам, ни вашей церкви, – сказал Майкл. – Я знаю, что принес смерть сюда, в этот молитвенный дом, но, поверьте, у меня никогда не было намерения впутывать вас или дядю в свои дела.

Отец Петр посмотрел Майклу в глаза и сказал мягким голосом:

– Я знаю. Мне также известно чувство, когда никто не понимает мотивов твоих действий. Видишь ли, Миша, мы с тобой – солдаты, только служим в разных армиях. Мы оба верим в то, что идем по правильному пути, пытаясь улучшить этот мир. Но мир иногда думает, что мы гоняемся за химерами и живем иллюзиями. Я, как и ты, верю в высшее благо. Потому и продолжаю нести свою службу, чтобы когда я предстану перед Всевышним, Он мог опустить на меня взгляд и сказать: «Ты славно потрудился».

В комнате наступила тишина – *оба* размышляли над словами отца Петра. Майкл сел на маленький стул, стоявший рядом с койкой.

– Думаю, что тебе лучше лечь и поспать, пока поиски не прекратятся, – проговорил священник. – Затем мы поможем тебе как-нибудь выбраться из деревни. Давай поговорим об этом попозже.

Как только Майкл включил свет и откусил кусочек хлеба, отец Петр закрыл дверь и, услышав щелчок механизма, подвинул книжную полку на место.

Он вернулся в церковь и подошел к алтарю. Склонив голову, присел перед рядами лавочек и начал тихо молиться.

Спустя минут десять отец Петр услышал скрип открывающихся ворот. Он перестал молиться, поднял голову и открыл глаза в том самый момент, когда дверь церкви отворилась настежь и внутрь ввалилась группа солдат. По проходу медленно шел майор и размахивал руками. Остальные участники группы разделились и начали осматривать боковые проходы.

– Отец Петр, как поживаете? – спросил майор и перекрестился. Он подошел к лавочке, на которой сидел священник.

Отец улыбнулся и поднялся поприветствовать вошедшего.

– Все было бы неплохо, если бы взвод солдат не врывался в церковь, как будто они опять берут Зимний Дворец. Как будете оправдываться сегодня, майор?

– Мы ищем террориста, – ответил военный, став вплотную к священнослужителю.

– Террориста, говорите? – отец поднял брови, разыгрывая искренне удивление.

– Очень опасного террориста. Того, который взорвал больницу и убил десятки людей.

– И вы, конечно же, думаете, он сразу прибежал сюда?

Майор скрестил руки на груди и сделал шаг назад.

– Это не было первым местом, которое мы обыскали, но вы сами вызываете огонь на себя своими тирадами, что церковь есть святое убежище и каждый мужчина, женщина или ребенок – дети Божьи.

– Включая вас, – сказал отец Петр, и по его лицу скользнула мимолетная улыбка. – Скажите, майор, у вас есть претензии к Господу или только ко мне?

Военный издал сдавленный смешок и ответил:

– У меня нет претензий ни к Господу и ни к вам. Просто обычные люди после ваших проповедей думают, что смогут найти убежище в церкви и избежать попадания в руки правоохранительных органов. Но ведь они ошибаются: если я найду здесь того, кого мы ищем, то сам Бог не сможет помешать мне разделаться и с ним и с вами.

– Да будет так. Ищите своего террориста, сколько душе угодно, я не стану вам мешать, – сказал священник и сделал несколько шагов в направлении алтаря. – Но прошу вас, проследите за тем, чтобы ваши люди не испортили церковное имущество, иначе я буду вынужден пожаловаться моим знакомым депутатам в Народном Совете. Вы ведь знаете: у меня там есть связи.

Майор улыбнулся и кивнул отцу.

– У нас у всех есть связи, разве не так? – а затем обернулся к солдатам, которые ожидали его приказа, – Ладно, слушай мою команду: рассредоточиться и найти террориста! Стараться не разнести церквушку! Ясно? Действовать! – скомандовал майор.

Он обернулся к отцу.

– Довольны?

– Конечно, – ответил отец Петр, повернулся к алтарю и встал на колени.

Солдаты начали обыскивать каждую нишу, двое из них поднялись по ступенькам на колокольню, но вскоре вернулись – там никого не было.

Поняв, что обыск окончен, священник встал и подошел к майору.

– Раз вы не нашли здесь этого террориста, то позвольте мне тогда начать подготовку к вечернему богослужению.

Майор с недовольным выражением лица сделал знак рукой своим подчиненным. Повинуясь безмолвному приказу начальника, солдаты вышли из церкви.

Майор продолжал стоять рядом со священником. Он сказал:

– Если я узнаю, что вы помогали этому скоту, то можете больше не надеяться на свои связи: я организую вам встречу с Господом при помощи одной пули.

– Вам не следует говорить подобные вещи в этом месте. Да поможет вам Бог найти праведный путь, а не тот, который ведет прямиком в пекло.

– Разве похоже, что меня интересует, куда я попаду после смерти? Да, перейдя в мир иной, я могу попасть в адское пекло, а могу и не попасть! Но здесь я уже в пекле.

Майор взглянул на священника с презрительной усмешкой. Затем он еще раз осмотрелся и вышел из церкви.

———— ◆ ————

Майкл, покончив с хлебом и молоком, прилег на койку. Он выключил свет и мгновенно провалился в сон. Ему снилось, что он находится в комнате... в некой дымке... посреди комнаты стол, за которым сидят четыре человека в масках, играют в карты. На первом игроке медвежья маска и футболка с нарисованным бело-сине-красным флагом на груди. Человек-медведь сидел на стуле в форме трона, на спинке которого с одной стороны висела корона, а с другой – мертвый орел со стрелой в груди.

На втором игроке была белая маска без глаз, носа и рта. Безликий человек также сидел на стуле-троне. С одной стороны на спинке трона был прикреплен футбольный мяч, а с другой – голубой щит, на котором был нарисован золотой трезубец. На безликом была футболка с пришитой к ней желто-голубой ленточкой.

На третьем игроке была маска кролика. На голове шахтерская каска с фонариком. На спинке стула не было ничего, кроме двух фотографий с изображениями опустелых шахт. На столе перед ним лежало живое бьющееся сердце.

На четвертом игроке была маска с изображением скелета. Он сидел на двух огромных мешках, на которых было написано «Золото». В каждую его руку была вонзена игла для внутривенного вливания лекарств, а на левой стороне груди висел большой значок, который изображал расколотое сердце.

Безликий человек перетасовал карты и начал их сдавать, неряшливо раскидывая их во все стороны.

Первым заговорил человек-скелет:

– Эй, что ты за тварь такая безликая? Кто тебя учил так сдавать карты?

Силуэт Дяди Сэма замаячил тенью над столом, заглядывая каждому игроку в карты.

– Он пока еще учится, – сказал Дядя Сэм. – По крайней мере, он уже может видеть свои перспективы.

– Позвольте мне самому найти свою идентичность и свой путь, – проговорил безликий. – Я сам соображу, как сдавать.

Человек-медведь зарычал от негодования:

– Безликий, ты глупец. Тебе следует знать, кому и как сдавать и кто здесь медведь!

– Твои запасы пусты, а мысли слишком затуманены, – подметил Дядя Сэм.

Все посмотрели на краники, которые находились на стене перед карточным столом. Над каждым краном висела табличка: над красным было написано «Нефть», а над синим «Газ». Из красного крана очень медленно капали черные капли, а из синего с шипением вырывался голубоватый дымок – все, что, казалось, осталось от газа. Сидящие в комнате понимали: в кранах почти ничего нет.

– Не вмешивайся, Дядя Сэм, ты нас не знаешь и не знаешь игры, – прорычал человек-медведь. – Ты даже не сидишь за игральным столом. Так что помалкивай!

– А ему и не нужно сидеть за столом. Не важно, он в игре или нет, но он всегда в игре, – заметил безликий, похлопывая по мешочку с золотыми монетами, который лежал перед ним на столе. Мешочек выглядел полным и несколько монет рассыпались по столу.

– Ты все проиграл, кролик! – прервал молчание человек-скелет, протягивая руку к сердцу, которое лежало на столе.

Человек-кролик схватил его за руку, не желая расставаться с сердцем.

– Отдай, за него уже заплатили, – сказал безликий.

– Я так и знал! – выкрикнул человек-медведь, – продажная тварь!

– Я не мальчик! – недовольно сказал человек-кролик. – Я *МУЖИК!* Я еще не знаю: кому я его отдам, но когда-то отдам. А ты плати или умри!

Он вызывающе посмотрел на человека-скелета.

– Скелет, тебе одолжить денег? – спросил Дядя Сэм.

Человек-скелет закричал в бешенстве:

– Эй вы, звери... и ты, проклятый голос, что звенит над моей головой! Вы все сошли с ума? Кто вас всех сотворил? Кто вас содержит...? – он скривился так, что захрустели кости. – Кто здесь хозяин? КТО...? Кто? Кто?

---◆---

Как только майор покинул церковь и отец Петр удостоверился, что опасность миновала, он направился в диаконную. Открыв потайную дверь, включил портативный фонарь.

– Миша, – сказал он, – просыпайся, это я – отец Петр.

– А...а... кто здесь хозяин? – ответил Майкл, будучи полностью дезориентированным.

— Миша, это я — отец Петр, — повторил он, глядя на своего тайного гостя. — Можно выходить, они ушли. Тебе нужно ехать в Киев и чем раньше, тем лучше. Я договорюсь, тебе сделают паспорт на другое имя и визу в США.

— Отец? — спросил Майкл, слегка отходя от бредового сна и одновременно обрабатывая информацию. Беккер до конца не мог поверить в то, что священник может ему помочь. — А это сработает?

— Да, сын мой, — успокаивающе ответил отец Петр.

Они вышли из комнаты в ризницу.

— Некоторые люди думают, что я никудышный священник, — сказал он, усмехаясь, — но уверяю: я тебе смогу помочь.

Отец Петр посмотрел на Майкла: каждая морщинка на его лице выдавала волнение. Они сели на стулья перед рабочим столом священника.

— Вот как мы поступим: я помогу тебе покинуть пределы Украины — это очень важно. Ты получишь хорошо подделанный украинский паспорт и фальшивую американскую визу. Если ты полетишь украинской авиакомпанией, то они не смогут проверить подлинность твоего паспорта или визы при посадке. Но билеты ты должен будешь купить сам — у тебя есть наличные?

Майкл кивнул.

— Хорошо! Когда прилетишь в США, то покажешь пограничникам свой настоящий паспорт и они тебя пропустят без проблем, разве не так?

Майкл размышлял над тем, что сказал ему священник: Папс не знал, жив он или мертв, ведь агенты, которых он послал для проверки выполнения задания, были им убиты. Значит, он не сможет предупредить американских пограничников — это не реально. Во-первых, ему надо поставить Беккера в список террористов и при задержании быть самому на месте, чтобы никто первый не допросил бы Беккера. Во-вторых, даже если его и внесут в специальный список террористов, это не случится даже в течение недели. Майкл еще раз кивнул в знак согласия на предложение отца Петра.

— Хорошо, остальное в твоих руках. Это все, что я могу сделать для тебя. Но на всякий случай пока что побудь внутри.

Майор любит запугивать слабых людей и давить на них своим авторитетом, но он отнюдь не глупый. Он приставит к церкви патруль, и как только ты выйдешь наружу, я тебе уже не смогу помочь. Зная майора, я не смогу помочь даже самому себе, – священник глубоко вздохнул. – А сейчас я заварю нам чай, и ты объяснишь мне, зачем нужно было подрывать школу, которая спокойно работала как небольшая военная клиника? Мне нужно просить прощения у Господа за твои и за свои деяния, чтобы помочь тебе искупить грех за убийство десятков людей.

Майкл собирался что-то сказать, но отец Петр его прервал, подняв вверх руку:

– Я знаю, что ты не террорист – твой дядя знает это и я тоже. Когда ты был маленьким мальчиком, я часто видел тебя с друзьями: русскими, украинцами, евреями – вы вместе играли и радовались жизни. Нас ничего не разделяло. Мы жили на одной земле, но не воевали, как сейчас. А воюем-то за что? За землю? За идеалы? Что будет лучше для нашей земли? Если русские победят украинцев и заберут Донецкую область? Если украинцы разобьют русских и восстановят свой суверенитет? А обвинят во всем евреев? Насколько абсурдной должна стать ситуация, чтобы люди поняли, что они воюют зря? Миша, я ищу ответы, для успокоения своей души.

Беккер некоторое время внимательно изучал отца Петра. Он раздумывал, можно ли доверять этому человеку, хоть он и священник. Он хотел знать, настало ли время для исповеди. Майкл не считал себя религиозным, но проникся к отцу доверием, ведь только абсолютно черствый человек не станет разговаривать (или даже исповедоваться) с человеком в рясе.

– Вы правы, все думают, что они совершают нечто праведное и важное. Они готовы убивать во имя политических амбиций, идей и всего другого, веря в правильность своей позиции и считая себя невиновными в тех смертях, которыми они усеивают путь к своей цели. Я уже говорил, что это *война невинных*. И это правда! Я видел подобное в Ираке: те же идеи, бои, кровь – отличаются только имена игроков или названия мест, где проходят боевые действия. Украина, Ирак или Сомали – все войны похожи друг на друга, разница только в названии мест.

– Аминь, ты очень хорошо все сформулировал. Господь не хочет, чтобы люди нападали друг на друга, причиняли вред. Он хочет, чтобы мы любили, заботились друг о друге. Люди не должны брать на себя роль Бога на Земле и решать, кто и когда покинет ее еще до того, как Он решит забрать человека к себе. Но я хочу понять, почему ты взял на себя эту роль и лишил жизни раненых солдат, которые находились в больнице?

Майкл покачал головой – он пребывал в смятении.

– Отче, я расскажу вам, но вы должны мне поверить. Моему командованию поступила информация о том, что в этой больнице изготавливают биологическое оружие, и мне приказали уничтожить клинику.

– Но ведь это неправда! Ничего подобного там не было, – изумленно выкрикнул отец Петр.

– Теперь я это знаю, но ведь в армии, если получаешь приказ, ты должен его выполнить беспрекословно. Я прошел длительную боевую подготовку, и частью этой подготовки была выработка способности принимать мгновенные решения, основываясь на имеющейся информации. Промедление и размышления могут иметь губительные последствия и обычно ведут к провалу задания. Убей или убьют тебя, понимаете, отче?

– Боже правый! Значит, ты живешь по таким правилам?

– Не все так просто, отче.

– Я согласен, сын мой, но между защитой и убийством проходит тонкая грань! Боже, прошу тебя, открой ему глаза и уши! – взмолился отец Петр, поднимая глаза вверх. – Послушай меня, Миша, – продолжил он. – я изучал военную историю, чтобы понять, откуда берется страсть к сражению. Вот уже почти десять тысяч лет человечество постоянно вовлечено в разного рода конфликты. Первые документальные сведения о войне датируются третьим веком до рождества Христова. А за полторы тысячи лет до его рождения произошла битва, о которой сохранилось первое свидетельство. Она разразилась возле города Мегиддо. Ты знаешь об этом, Миша?

Беккер отрицательно покачал головой – он не совсем понимал, куда клонит священник. Отец Петр продолжил:

– Это территория, которая сейчас называется Израиль, а Мегиддо имеет также другое название – Армагеддон. Миша, это ведь знаковое событие: первая – задокументированная и последняя предсказанная ранее войны пройдут на одной и той же земле. И причина возникновения всех конфликтов и войн в большинстве случаев одна: желание захватить земли и поработить народы. Но зачем это делать, я тебя спрашиваю?

Беккер понимал точку зрения священника, но все же чувствовал, что нельзя так просто исключать вооруженные конфликты. Отец Петр посмотрел на Майкла и понял, что в душе у того происходит борьба.

– Миша, если у тебя с соседом возник спор относительно клочка земли, на котором вы пасете скот, то вы можете просто перестать общаться или поставить забор, или пойти в суд, но даже самая крайняя мера не должна совпадать с импульсивным желанием вступить в схватку. Ты можешь решить этот вопрос силой, но тогда потеряешь друга или соседа. Твое оружие – это здравый смысл и открытое сердце, а не танки и пули. Разве так уж необходимо драться и убивать ради того, чтобы решить спор относительно пастбища? Говорю тебе, молодой солдат, войны не имели бы смысла, если бы в нас было желание любить своего ближнего.

– Отче, вы во многом правы. Раньше люди сражались за лучший клочок земли или место у реки – это было нужно для выживания. Люди были необразованные, недалекие и не знали, как жить по-другому. Но сейчас на дворе двадцать первый век. И время очнуться. И я теперь понимаю: я был слеп, я был мальчишкой, я всегда полагался на друга, на девушку, чтобы она приняла решение за меня. Меня вырастила бабушка, но были вещи, о которых я не решался ее спросить. Знаю, что это всего лишь отговорки, но поверьте, меня обманули и предали люди, которых я считал своими друзьями и командирами.

– Я помолюсь за тебя!

Майкл держал в руках стакан с чаем. Он внимательно смотрел на янтарный напиток, как будто пытался отыскать в нем ответы на свои вопросы.

– Я очень повзрослел за последние несколько лет. Кажется, что это произошло со мной даже за последние несколько недель или суток. Я так много приобрел и так много потерял в течение каких-то дней, – он заглянул пожилому священнику в глаза. – Я не убийца, я – солдат. Я осознаю, что натворил, но не могу воротить это вспять, но могу что-то исправить. Теперь я понял, что для меня важно, знаю, что не достаточно просто быть хорошим солдатом.. И мне следует стать еще более лучшим солдатом, защитником, а не наемным убийцей. Моя обязанность – защищать, а сейчас привлечь всех мерзавцев к ответственности.

– Да пребудет с тобой Бог.

– Отче, – начал Майкл, – я никогда по-настоящему не молился и не имел особой веры в Бога. Вместо этого я полагался на свои инстинкты и на военную подготовку, чтобы выпутываться из трудных ситуаций, спасать жизни и просто быть порядочным человеком. Я любил женщину, которая меня понимала, но я ее потерял. Затем я повстречал Елену, но не смог ее уберечь. Она не заслужила подобной участи – я никогда не прощу себе, даже если смирюсь с тем, что меня обманом заставили взорвать больницу. Прошу вас, не нужно молиться за меня – помолитесь вместо этого за Стефани и Елену.

Глаза отца Петра выдавали ту печаль, которую он чувствовал, слушая рассказ Майкла – большого и сильного солдата с заблудшей душой. Он взял голову Майкла, положил ее себе на грудь и начал тихо молиться.

Глава 17
Наставления отца Петра.
Милтон в ярости

По прошествии часа Майкл и отец Петр сидели в ризнице и пили чай, Майкл к тому времени уже переоделся в одежду, какую носили здесь местные жители, – отец Петр позаботился .

Священник сказал:

– Расскажи мне, зачем тебя на самом деле послали в Лесовое? Не верю, что единственной целью твоего задания был подрыв больницы. Возможно, тебя каким-то образом заставили это сделать – поверить в россказни, которыми тебя кормили американцы.

Майкл держал чашку обеими руками, как будто пытался отыскать успокоение в исходившем от нее тепле.

– С чего бы мне начать, – ответил он, склонив голову. – Я – заблудшая душа, отче. Я упоминал раньше, что у меня была женщина, которую я любил и считал своей советчицей. Ее брат был моим лучшим другом – он меня предал, мой командир меня предал. И все это ради промысла, ради торговли человеческими органами. Я был простым солдатом, которого предали и подвели: мои друзья, любимая и даже моя родина. И страх мой заключается в том, как я отреагирую на подобное предательство. Один из нерушимых заветов в армии гласит: «Никогда не бросай павшего солдата», но мне кажется, что почти все, кто мне был дорог, сделали наоборот.

Майкл отвернулся – он хотел вырваться из этого святого места и начать искать возможность отомстить, хотя понимал, что находится здесь именно из-за совершенных им убийств.

Священник поставил свою чашку на стол.

– В первую очередь тебе следует понять свою сущность и осознать жизненную цель.

– Отче, я все еще как сырая глина. Когда я был в юности бойцом, то был сыр и глуп. Я получил травму и утратил свои спортивные возможности. Затем я вырос и стал солдатом, но позволил другим людям манипулировать собой, нивелировав тем самым все военные свершения...

– Не думаю, что ты все потерял, – возразил отец Петр. – Таков твой жизненный путь: ты завоевал любовь женщины, а до этого научился тому, как вести солдат в бой...

Отец Петр прав: я встретил Елену – она хотела, чтобы я стал лидером, стал мужчиной и начал доверять самому себе. Она погибла, но перед этим подарила мне веру в собственные силы. Мне нужно быть полноценным мужчиной. Я научился тому, как жить правильно, как помогать тем, кто мне дорог.

———— ◆ ————

– Ты был бойцом и познал радость побед и горечь поражений. Ты был солдатом и понял, как выигрывать и что бывает, если проигрываешь. Но самое важное – это верить в то, чтó ты делаешь и в то, кем ты являешься. Тогда даже самые элементарные жизненные вопросы будут восприниматься как важные. Мы любим цветы в саду, но ведь их кто-то вырастил; мы любим вкусную еду, но ведь ее кто-то приготовил; мы любим ходить по чистым улицам, но ведь их кто-то убрал. Сын мой, даже у священников бывают такие дни, когда им кажется, что все их труды напрасны, что их учение всем безразлично. У меня подобное тоже случается, Миша. Но есть и дни, когда я могу радоваться тому, что приношу утешение другим, когда мой личный пример и мои слова дарят людям силу. Как могу я – бедный, старый священник, делать свое дело и не падать духом? Дело в том, Миша, что у меня есть то, что ты пытаешься найти, – вера. Именно она помогает преодолевать тяжелые этапы в жизни, когда ничего не получается, когда все вокруг тебя подводят. Тебе необходимо обрести веру в Господа и в самого себя.

Слова отца Петра кружились у Майкла в голове, он даже почувствовал некоторое волнение.

Священник сдержано улыбнулся и взглянул на часы.

– А сейчас настало время побеждать.

Майкл пребывал в задумчивости. Он некоторое время смотрел прямо перед собой, но затем на его лице появилась улыбка. Казалось, что слова отца Петра попали на благоприятную почву и теперь Майкл лучше понимал их смысл – он даже стал выглядеть более оптимистично.

– Отче, наверное, вы правы: я прошел обучение и стал солдатом. Люди, которые меня обманули и использовали в своих интересах, не смогли *меня изменить*. Я все еще солдат, которым был год назад. Нет ничего плохого в том, чтобы быть просто хорошим солдатом. Я должен выполнить свое задание, каким бы опасным и трудным оно ни было. В этом и состоит моя цель, – Майкл сделал паузу, чтобы допить чай. – Если это так, то я знаю, что мне нужно сделать – очистить нашу армию от безнравственности и коррупции. Я должен стать еще лучшим солдатом и мужчиной.

В его голосе звучала неподдельная решимость: он собирался вычистить эти «Авгиевы конюшни».

– Так оно и есть, – воскликнул священник, вставая со стула. – Пусть Бог тебя благословит и дарует силы.

– Аминь, святой отец!

Священник вынул из кармана сложенный листок бумаги и протянул его Майклу.

– Это адрес моего старого друга, который живет в Киеве, – сказал он. – Он сделает тебе паспорт и американскую визу.

Майкл кивнул и положил записку себе в карман.

– Как вы и говорили, мне нужно попасть на территорию США, и там уже меня никто не станет искать. У нас разные силовые структуры, которые не всегда охотно сотрудничают друг с другом, поэтому быстро вычислить меня они не смогут. Даже ЦРУ не имеет права требовать от пограничников и службы государственной безопасности, чтобы они поместили меня в список подозрительных лиц. Для этого им бы потребовалось разрешение суда. Единственное, что они могут сделать – объявить меня террористом, но им ведь даже неизвестно, жив я или нет. Но если они и узнают, что я жив, то им потребуется уйма времени, чтобы внести мои данные в систему. Ваша помощь мне очень пригодится – со мной все будет в порядке. Не знаю даже, как вас благодарить! – на лице Майкла появилась широкая улыбка.

– Не стоит благодарности. Рад тебе помочь! – отец Петр посмотрел на чайный поднос и, казалось бы, куда-то заторопился. – Тебе нужно уходить. Военные ведут наблюдение за церковью. Мне ни к чему лишние проблемы с майором, поэтому тебе нужно выбираться отсюда.

Он взял в руки поднос и добавил:

– Из потайной комнаты ты можешь попасть в подземный туннель и уйти по нему. Спасибо партизанам, которые вырыли его во время Великой Отечественной войны.

– Еще раз благодарю вас, отче. И прошу вас, позаботьтесь о дяде Васе, – сказал Майкл, отодвигая книжный шкаф, чтобы попасть в секретную комнату.

– Ты ведь знаешь, что непременно позабочусь, – ответил отец Петр.

Майкл вошел внутрь тайника. Священник указал на люк, который был почти незаметен среди половиц, и сказал:

– Под твоими ногами и находится этот туннель, он выведет тебя из деревни. Когда выберешься из него, беги к шоссе, лови машину и уезжай отсюда. За пределами этой области тебя никто не знает. Поезжай на донецкий железнодорожный вокзал, а оттуда отправляйся в Киев. Здесь никому ничего не докладывают, нет централизованного командования, правительства и нет никакого обмена информацией. Просто выберись из этой области, и ты будешь в безопасности.

– Спасибо, отче, – сказал Майкл и открыл люк.

Он с благодарностью взглянул на отца Петра и прыгнул в туннель.

Священник постоял минуту с грустным и обеспокоенным видом, а затем закрыл люк.

———— ◆ ————

Папс посмотрел на свои часы: к этому времени миссия на Украине уже должна была завершиться. Была ли она удачной или провальной – это уже другой вопрос. Он свернул к обочине и остановился. ДэнДэвис подошел к машине, с опаской осмотрелся вокруг и вскочил внутрь. Увидев его в таком состоянии, Папс рассмеялся:

– Дэн, у тебя приступ паранойи?

– Просто хочу убедиться, что мы в безопасности, – огрызнулся Дэвис. – С тобой ведь нельзя быть ни в чем уверенным.

Папс лишь улыбнулся и выехал обратно на дорогу.

Милтон направился прямо к кладбищу – он знал, Папс не сдастся без боя. Он вспомнил то, чему его учили, в том числе Папс, и понял, что у него нет преимущества ни в силе, ни в технике – придется рассчитывать лишь на фактор внезапности. Именно поэтому необходимо было попасть в здание церкви первым.

Дэвис и Папс ехали молча, лишь изредка обмениваясь взглядами. Они оба знали: молодой агент что-то задумал, но на их стороне был опыт и умение обрабатывать подобных людей.

Милтон приехал на кладбище, припарковал автомобиль вдали от церкви и поспешно начал искать подходящую позицию, которая позволит ему затаиться и ждать появления Папса, а также его возможных спутников. Он вошел в помещение и осмотрел первый этаж. Там находилось несколько туристов и прихожан, но никто из них не обратил внимания на Милтона, который быстро направился к двери, ведущей на колокольню. Поднявшись на несколько этажей вверх, он нашел подходящее место, открыл замок и занял позицию лежа.

Меньше чем через две минуты к церкви подъехал автомобиль Папса. Милтон наблюдал за ним в просвет между колоннами: Папс был один, и Дюрант решил, что именно сейчас подходящий момент, чтобы его пристрелить. Он поднял винтовку, чтобы прицелиться, но в этот момент зазвонил мобильный телефон. Проклятие! Элемент неожиданности был утерян. Милтон полез в карман, чтобы выключить мобильный, а когда снова поднял глаза, то Папса и след простыл.

Внезапно откуда-то снизу раздался голос Папса. Он специально встал так, чтобы Милтон не мог его видеть.

– Агент Дюрант, что вы делаете? Я думал, что мы собираемся мирно обсудить наши дела. Но если вы прячетесь, то это значит, что у вас совершенно иные намерения и мне это не нравится

Не нравится! – подумал Милтон. – Да пошел ты!..

– Меня не волнует, что тебе не нравится, жалкий подонок. Ты подставил Майкла и теперь он не выходит на связь ни со мной, ни с другими связистами. Никто не говорит о результатах миссии, а это значит, что он мертв. Мой друг погиб из-за тебя, и я должен с тобой рассчитаться!

– Агент Дюрант. Милтон, – сказал Папс спокойным голосом, – я ведь говорил тебе, что в этом деле иногда необходимо идти на жертвы. Он был простым солдатом, которого мы использовали с выгодой для себя. Такова природа...

– ЗАТКНИСЬ!!! – заорал Милтон. – Выходи, скотина, настало время принести тебя самого в жертву!

– Черт побери, Милтон. Я думал, что мы – одна команда. Мне казалось, ты понимаешь, что значит быть хорошим солдатом. А это значит, что иногда приходится делать вещи, которые тебе не по душе, ради того, чтобы сделать этот мир лучше. Сейчас я выброшу пистолет и выйду к тебе безоружным. Ты ведь не выстрелишь в своего командира, правда? В особенности, если у него нет оружия. Выходи и давай поговорим.

Милтон выглянул из своего укрытия и увидел, что Папс выбросил свой пистолет. Но рассчитывать, что у Папса он всего один, было смешно. Дюрант медленно встал, держа в руках винтовку и целясь Папсу прямо в лоб.

Из глаз Дюранта начали катиться слезы, он немедленно их вытер.

– Ты мог оказать моей сестре помощь, мог сделать больше! – сказал он уставшим, почти мальчишеским голосом. – Почему ты не оказал нам больше помощи?

Папс не успел даже открыть рот, как воздух рассек тихий звук «пааах», и Милтон упал замертво. Дэвис опустил оружие и направился к Папсу.

Когда он подошел ближе, Папс спросил:

– Попал прямо в голову?

– Конечно, – ответил Дэвис почти равнодушно. – После такого не воскресают.

Папс повернулся к Дэвису:

– Сейчас я поеду и узнаю, какие они могут иметь улики против меня, а ты тем временем позвони Шульцу и скажи, что пришло время вызывать адвоката.

– Боюсь, что нет, Папс. На этом твое участие в деле заканчивается.

– Что это значит? – решительно спросил Папс.

Дэвис взглянул на него и спокойно ответил:

– Папс, ты стал для нас опасным.

Одним резким движением он с силой ударил Папса ножом между ребер и для эффективности провернул лезвие.

Дэвис оттащил тела Папса и Милтона в кусты под колокольней и поехал в региональный офис ЦРУ.

Глава 18
Беккер в безумии жаждет мести

———————+———————

Хотя время, которое понадобилось Беккеру, чтобы
добраться из Лесового до Киева, было не таким уж
продолжительным, эта поездка позволила Майклу ненадолго
углубиться в размышления о сложившейся ситуации и о обо
всем произошедшем за последние восемнадцать месяцев. С
ним обращались как с собакой на поводке. Его использовали
в чужих интересах. Он потерял Елену - любимую подругу
детства, а также на некоторое время утратил цель в жизни. Все
это случилось потому, что он был ответственен по уставу и
выполнял приказания своих командиров - людей, которых он
уважал, которыми восхищался, в мудрость которых свято верил.
Но Беккер ошибался, очень сильно ошибался.

Что касается Милтона, то по возвращении из Ирака, Майкл
не узнал в нем человека, который до сих пор был ему как брат.
Прежний Милтон - внимательный, уважительный и самый
прямолинейный человек, которого он знал, - теперь сильно
изменился: из настоящего мужчины он превратился в скользкого
типа.

Пусть не рассказывает сказки о том, что узнал о другом мужчине Стефани, только когда прочитал письмо.

Это письмо казалось Беккеру подозрительным и неискренним: в нем не было той огонька, горевшего в душе Стефани. Понятное дело, что письмо, с помощью которого порываешь отношения с другим человеком, не будет полно радости и позитива , но в послании Стефани не осталось и толики былой страсти.

Майкл прилетел в Нью-Йорк и уже стоял в очереди на проверку паспортов. Он быстро и внимательно осмотрелся, нарисовал в уме маршрут возможного побега и посчитал, скольких сотрудников Администрации транспортной безопасности придется вывести из строя на своем пути. Между пальцами у него была зажата небольшая походная отвертка, которую он в случае необходимости может использовать как заточку. Чтобы не привлекать к себе лишнего внимания, он не вступал ни в какие разговоры со стоящими рядом людьми, не пытался больше ничего рассматривать, чтобы лишний раз не встретиться глазами с агентами службы безопасности или пограничниками.

Но его никто не досматривал и даже не задавал лишних вопросов – причиной тому, возможно, было большое количество пассажиров или время его прилета. Другая причина была более банальной: нужно было вызвать особое подозрение, чтобы быть остановленным или опрошенным. Единственная зацепка допросить Беккера была одна – спортивная сумка. Это самая первая деталь, на которую пограничники обращают внимание по прибытии интернациональных рейсов. Длинные очереди и спортивный вид Беккера, очевидно, понизили степень их подозрительности. Майкл буквально проплыл мимо всех контрольных пунктов, но времени на отдых у него не оставалось: рейс на Лос-Анжелес вылетал через час и нужно уже было идти прямо на посадку.

Когда Беккер уже сел в самолет и посмотрел в иллюминатор, то из груди у него вырвался тихий вздох облегчения. Первый этап был пройден. Следующий этап – битва, в которую ему придется вступить по прибытии домой, была его долгом, и он обязан его с честью выполнить. Майкл был истощен, однако тридцать часов путешествия на разных видах транспорта дали ему новое поразительное чувство того, что он движется в правильном направлении. По прибытии в Лос-Анжелес, он ступит на тернистый путь, но именно ему предстояло совершить акт возмездия и заставить негодяев заплатить за содеянное. Слишком много жизней было забрано зря – приближался час искупления.

Самолет достиг крейсерской высоты и вошел в плавный режим полета. В это время Майкл думал о Стефани и Елене, о том, как трудно быть одновременно солдатом и мужчиной, у которого есть еще и та жизнь, где его обязанность – носить камуфляж. Он вспоминал их улыбки и запах их тел, вновь слышал их голоса, вдохновляющие и подбадривающие его, а также думал о том, что больше никогда их не увидит. Майкл не хотел углубляться в эти воспоминания и чувства, ведь они сломят его, а сегодня он должен быть прочнее стали.

Как только самолет приземлился, Майкл взял с багажного конвейера спортивную сумку, которую ему дал отец Петр, и направился к стоянке такси у выхода из зала прибытия. Он поверхностно осмотрел все автомобили во избежание попадания в какую-нибудь западню – в последние дни он подозревал всех и вся, а его инстинкты были обострены до предела. Но не почувствовав никакой опасности, Майкл расслабился и сел в ближайшую машину такси.

Ступив на «родную землю», Беккер поймал себя на мысли, что эта земля является по-настоящему его домом. И не из-за политических, моральных или других идеалистических причин, а просто он чувствовал здесь некую упорядоченность, структуру и «правила игры» в каждом месте или отрасли. Ему стало одновременно радостно и легко – приятное солнечное тепло прибавляло настроения. Майклу казалось, что он выбирается из кокона лжи на белый свет – к правде.

Когда водитель закончил петлять по оживленным улицам Лос-Анжелеса и уже на всех парах мчался по спускам, которые вели к его кварталу, Майкл почувствовал внутреннее напряжение и прилив адреналина, приводящего к готовности, возникающие накануне схватки с сильным противником.

Таксист был на удивление немногословным, и Беккеру от этого было только легче. Когда они подъехали к дому, Майкл заплатил, оставив хорошие чаевые.

Войдя в квартиру, Беккер увидел, бабушку, выглядывающую из арочного проема, ведущего в кухню.

– Миша! Ты дома! Куда же ты снова пропал? Ты ведь знаешь, как сильно я переживаю, – воскликнула она, вытирая руки о фартук.

Она собиралась было заключить внука в приветливые объятия, но Майкл прошел мимо нее и сказал:

– Бабуль, я снова вернулся. Я ведь тебя просил не беспокоиться! Таков я есть: ухожу и снова прихожу! Послушай, у меня нет времени – я спешу. Мне нужно принять душ и переодеться.

Бабушка не успела ничего ответить – Майкл уже зашел в ванную.

Она вернулась на кухню с недовольным выражением лица: ей показалось, что внуку нет дела до ее слов и переживаний. Но Татьяна отогнала от себя чувство разочарования, когда подумала о том, какой вкусный ужин она приготовит Майклу.

Через полчаса Беккер вышел из ванной – он полностью смыл с себя пыль двухдневного путешествия и запах чужой одежды. Открыв нижнюю дверцу шкафа, Майкл достал оттуда деревянный ящик, в котором на войлочной подушке был разложен набор ножей. Он достал кинжал танто в ножнах, четыре метательных ножа и два сюрикена. Затем Беккер вынул внутреннюю коробку – под ней был свернутый пояс с петлями для кинжалов. Он развернул пояс и продел его сквозь шлевки в джинсах.

Из шкафа Майкл достал свои наплечные ремни и прикрепил с одной стороны кинжал танто, а с другой – мешочек, в который положил сюрикены. Повернувшись к деревянному ящику, вынул из него манжет со скрытым стилетом и прикрепил его к запястью.

Далее он положил четыре метательных ножа в специальные ножны и повесил их на наплечные ремни. Закончив приготовления, Майкл надел куртку и посмотрел в зеркало – он был доволен своим облачением и тем, насколько хорошо оно скрывало оружие.

Беккер сел на край кровати, чтобы привести в порядок мысли и убедиться в том, что он ничего не забыл. Присаживаться перед дорогой было привычкой, которую он перенял от бабушки. Кроме того, что это было давней традицией, выполнение подобного ритуала давало возможность еще раз подумать о том, что следовало бы взять или сделать, вспомнить о вещах, подумать, какие ошибки могли быть совершены в суматошных сборах. Майклу нужно было дважды обдумать каждый свой шаг. «*Черт подери! На входе в здание, где находится федеральная служба, стоит металлоискатель,* – проворчал Майкл, снял с себя все оружие и спрятал обратно в ящик. – *Придется брать их голыми руками*».

Когда Майкл вошел в гостиную, его встретил строгий взгляд бабушки, сидевшей в любимом кресле.

– Что же такое важное могло случиться, что ты даже не удосужился сказать своей старой бабушке «Привет» или «Как у тебя дела»?

Майкл опустился перед ней на колено, взял ее за руку и сказал:

– Прости меня, я проделал долгий путь и не менял одежду вот уже несколько дней.

– Желание переодеться не может служить оправданием тому, что ты пролетел мимо меня, как пуля, и даже не сказал, где был все это время.

– Это долгая история – я тебе все объясню позже, – ответил Майкл, поднялся на ноги и нежно улыбнулся.

Он наклонился и поцеловал бабушку в лоб, развернулся и пошел к входной двери. Открыв ее, Майкл повернулся к бабушке и сказал строгим тоном:

– Я ведь говорил тебе: запирай двери! Однажды кто-то таки проберется в квартиру и украдет все твои вещи.

– Мои вещи? А как насчет твоих вещей? – возразила бабушка.

– Они заперты, в целости и сохранности. И тебе следует сделать то же самое!

Не сказав больше ни слова, а лишь подарив ей широкую воодушевляющую улыбку, Майкл повернул задвижку и запер за собой дверь.

Спустившись вниз, он вышел из здания и решительным шагом направился к углу улицы. Как только в поле зрения показалось такси, Майкл свистнул водителю и замахал рукой, чтобы тот остановился.

Он назвал адрес Федерального здания в Западном Лос-Анжелесе и откинулся на заднем сиденье. Беккер хотел знать, что заставило его друга потонуть в глубинах безнравственности и обмана, но сначала он должен будет поквитаться с Папсом. Прибыв на место, Майкл вышел из автомобиля, заплатил таксисту и направился к зданию.

Глава 19
Свидетели должны умереть

———————————+———————————

И так, Майкл начал свой путь к возмездию с Федерального здания в Западном Лос-Анжелесе, на 11000 Уилшир бульвар. Неминуемая расплата ждала тех, кто его подставил и контролировал ход этой постыдной операции. Он должен будет положить конец безумству и отвратительной практике использования людей ради материальной выгоды. В сердце Майкла сейчас было так много злобы, что оно готово было взорваться, но еще больше места заполняла грусть. Он потерял Елену – подругу своего детства и очень дорогую ему женщину, а сейчас, кроме всего, ему предстояло убить человека, которого он считал своим лучшим другом. И все это было ради чего? Чтобы какие-то скоты могли набить свои карманы и покупатель, предлагающий наибольшую сумму, мог получить необходимый ему орган? И плевать на тех, кто находится в начале общенационального списка ожидания на трансплантацию – они могут ждать до самой смерти. Плевать на тех, кого они убили, чтобы забрать у жертв их органы, – их жизни ровным счетом ничего не значили для этих алчных ублюдков.

Майкл не ощущал ни капли сострадания, его сознание словно было вырвано из него, он превратился в машину, которую привели в режим «исполнение функции». Беккер чувствовал неистовый гнев к тем людям, которые были вовлечены в забор органов, но в то же время он сожалел о невинных душах, погибших во время взрыва в Лесовом. Не было никакой нужды взрывать ту больницу – ему следовало внять словам Елены. Майкл подумал, что всего лишь пытается оправдать собственные действия. Но сейчас не время для удрученности и поиска возможности искупить вину – в первую очередь необходимо остановить творящийся беспредел, злодейство и корыстолюбие, пожиравшие ЦРУ изнутри, как злокачественная опухоль.

Беккер подошел к входу в здание и перед ним раскрылись стеклянные двери. Он стал в очередь и приготовился к тому, что его станут обыскивать и прогонять через сканер. Стоящие перед ним люди снимали обувь и ремни так же, как в аэропорту. Но от аэропорта это место отличалось качеством проверяющих: здешние охранники были намного лучше обучены, у них было лучшее снаряжение, расписание и зарплаты, чем у обычного тунеядца из Администрации транспортной безопасности – обмануть их было несравнимо более сложной задачей. *«Я совершенно не могу сфокусироваться: как можно было позабыть о сканере и навесить на себя весь этот металлический маскарад?»* В данный момент у Майкла не было с собой никакого оружия и металлических предметов, но все, что ему было нужно – это возможность приблизиться и нанести несколько сокрушительных ударов, чтобы отправить Папса и его компанию в преисподнюю.

Майкл прошел проверку металлоискателем и направился к лифтам, не обращая внимания на охранников, расхаживающих по фойе и упивающихся своей важностью.

Двери лифта открылись, и Беккер вошел внутрь, но как только они начали закрываться, послышался окрик:

– Придержите двери, пожалуйста!

К лифту мчался мужчина, хорошо сложенный и одетый в дорогой костюм. Со своей спортивной прыткостью он пытался попасть в лифт до того, как двери окончательно закроются.

Беккер придержал двери рукой, пока мужчина не вошел в лифт, они обменялись приветливыми улыбками.

– Спасибо, – сказал вошедший. – Подчас приходится ждать целую вечность, чтобы поймать лифт в нужном направлении – это раздражает.

– Понимаю вас, – ответил Майкл. Он стоял, сложив перед собой руки.

Мужчина повернулся к Беккеру и представился:

– Меня зовут Фостер, я из Общества ветеранов-инвалидов, работаю на пятом этаже.

Он протянул Майклу руку, и они обменялись рукопожатиями.

– Перкинс, Департамент по делам ветеранов. Работаю на восьмом этаже.

Фостер кивнул, показывая, что он понимает, кем является Майкл, и нажал на кнопку пятого этажа. На панели уже горела кнопка двадцать первого этажа – там находился оперативный отдел ЦРУ, названия которого не было даже на входной табличке в фойе. Там работали непосредственно управленческие и координационные агенты ЦРУ. Фостер предпочел не интересоваться, почему горит кнопка «21» – он сам иногда наведывался на этот этаж, но не пользовался в таких случаях именно этим лифтом, выйдя из которого, гость попадает прямо в фальшивую приемную. Чтобы попасть в нужную часть офиса, нужно вызывать было другой лифт, который при помощи специальной магнитной карты с идентификационными данными владельца доставляет непосредственно в рабочие комнаты.

Фостер наклонился к Майклу и бросил пытливый взгляд на его куртку.

– Извините, но находясь в здании, вам необходимо всегда иметь при себе пропуск.

Беккер взглянул вниз и похлопал по своим карманам.

– Наверное, я забыл его на своем столе.

Теперь Фостер смотрел на него с подозрением.

– Покажите мне свои документы. Не знал, что Департамент по делам ветеранов находится на восьмом этаже – я всегда думал, что он располагается на втором.

– Без проблем, мой отдел лишь недавно туда перевели, – ответил Майкл, медленно расстегивая свою куртку. Открывая ее медленно и демонстративно, чтобы показать, что он не прячет оружия и также медленно Беккер вытащил из кармана свой кошелек.

– Все в порядке. Я знаю правила: сейчас я покажу вам удостоверение, и все проблемы будут решены.

Беккер, держа кошелек в правой руке, сделал движение руки с кошельком ближе к лицу Фостера, переводя его концентрацию на предмет перед его лицом. Стоило тому на долю секунды отвлечь взгляд на кошелек, как Беккер нанес резкий и короткий удар левой рукой в кадык Фостера, обхватил его шею и сделал удушающий захват. Положив поднятый с пола кошелек обратно в карман, Майкл порылся в пиджаке агента Фостера и забрал его пистолет.

– Извини, дружище. Отдохни немного, – сказал он, отстегивая пластиковое удостоверение с лацкана его пиджака.

Теперь ему необходимо было время, чтобы спрятать тело. Майкл нажал кнопку «Стоп» и потянулся к потолку, чтобы отодвинуть предохранительную панель. Как только Беккер встал на поручни, прикрепленные к стенке лифта, он подтянулся на руках и взглянул в нишу между внутренней обшивкой лифта и его крышей. Убедившись, что там может поместиться тело, он нагнулся, поднял Фостера и пропихнул его сквозь образовавшийся «люк». Процедура оказалась не из легких. Затем Майкл что-то проворчал, потряс головой, подтянулся опять, но на этот раз он просунул свою голову внутрь и, облокотившись на локоть одной руки, забросил свисавшую руку Фостера в пустое пространство над крышей лифта, протолкнул его тело чуть в сторону от крышки люка. После этого он вернул на место панель, слез с поручней и нажал кнопку «Вверх» – лифт продолжил свой путь.

Выйдя на двадцать первом этаже, Беккер с невозмутимым видом прошел мимо удивленной секретарши по коридору прямиком в офис Папса.

В приемной офиса никого не было – Майкл спокойно и уверенно открыл дверь, ведущую непосредственно в офис Папса. Но к своему превеликому удивлению Беккер увидел там агента Дэвиса, который сидел за рабочим столом его босса и печатал что-то на компьютере. Тот не мог поверить своим глазам: человек, который должен быть уже давно мертв, стоял прямо перед ним. Беккер закрыл за собой дверь, не сводя глаз с Дэвиса.

– Сиди спокойно, Дэвис, – прорычал Беккер, направив ему в лицо отобранный у Фостера пистолет и садясь напротив. – Разве тебя не беспокоит, что на твоей совести так много смертей? Хотя, как ты можешь чувствовать хоть что-то, я ведь тебя собственноручно убил, помнишь?

– К чему ты клонишь? Ты пришел сюда, чтобы получить оплату? Дождись Папса – он с тобой рассчитается. Кроме того, нам нужны такие люди, как ты, – бессмертные.

– Нет, Дэвис. Мне не нужны ваши кровью пропитанные деньги: я хочу очистить Землю от дерьма, от вас обоих. И где же наша большая шишка?

– Он скоро придет. Хочешь выпить чай или кофе, может, виски? – спросил Дэвис, откидываясь на спинку кресла. – Майкл, убив меня, ты ничего не изменишь. У нас есть фотодоказательства того, как ты взрываешь больницу на Украине. У нас на тебя заведено целое досье. Ты – террорист, которого все разыскивают. Я единственный, кто может тебе помочь выпутаться из этой ситуации.

– Где Папс? Считаю до трех: один, два, три...

– Я ведь сказал, что он скоро придет, – ответил Дэвис. – Опусти оружие, солдат.

– Значит, он тебя не застанет, подонок, – выкрикнул Майкл, вскочил на ноги и уже собрался было нажать на курок, как в комнату ворвался Крис Давидсон со спецназом ФБР... – Беккер, брось пистолет! – приказал Крис, целясь в ошарашенного Майкла. – Мы все знаем... Не делай глупостей, ты не убийца. Этот негодяй, – он кивнул в сторону Дэвиса, – отправится за решетку, а не ты, Майкл.

– Они меня подставили, из-за них я лишил жизни многих людей... среди которых были те, кто ни в чем не повинен, – ответил Майкл, опуская пистолет. Давидсон медленно подошел к нему и вытянул руку, чтобы забрать оружие.

– Не трать на него пулю. Мы знаем, что ты невиновен, – повторил еще раз Крис Давидсон.

– Но есть еще одна тварь, с которой я хочу повидаться, – возразил Майкл, все еще не выпуская пистолета из рук.

Крис кивнул.

– Я знаю. Если ты имеешь в виду Папса, то ты опоздал. Он был моим начальником. Полиция Лос-Анжелеса сообщила нам, что они нашли два трупа возле колокольни на Национальном кладбище. Их опознали: это Даррелл Самсон и Милтон Дюрант.

Все еще пребывая в шоковом состоянии, Майкл протянул Давидсону пистолет.

Его сердце заполнила печаль.

———— ◆ ————

Пытаясь собраться с мыслями, Майкл растерянно посмотрел на агента Давидсона.

– Это уму не постижимо. Кто их убил?

– Мы как раз пытаемся это выяснить, но агент Дэвис определенно к этому причастен. Полиция изъяла видеозапись камер наблюдения на кладбище – мы их просмотрим, отследим все телефонные разговоры и выясним местонахождение каждого участника. Ты должен будешь предоставить нам полный и подробный отчет, – сказал Давидсон.

– Да... да... Должен еще вам сообщить, что на крыше второго лифта отдыхает один из агентов ЦРУ. Он не убит, а просто ненадолго уснул, – Майкл попытался выдавить улыбку. Потом он снял с себя бейджик и отдал его Давидсону. – Пистолет также принадлежит ему.

Давидсон приказал агентам ФБР поднять Дэвиса из кресла, надеть на него и наручники и зачитать его права, а затем снова обратился к Майклу.

– Твои показания должны быть у меня на столе завтра. Ты восстановлен на службе. Будешь рапортовать мне лично. Детали потом. Я обговорил это с начальством, беря инициативу, что ты не будешь против. Так что, добро пожаловать, агент Беккер!

Майкл кивнул, выходя из комнаты.

– Ты слышал? Вос-ста-нов-лен! – прокричал ему вслед Давидсон.

Глава 20
За темной ночью светлый новый день

———————+———————

айкл в каком-то смысле чувствовал радость и
облегчение от того, что Папса уже не было в живых, но ему
было искренне жаль Милтона. Он остановился и закрыл лицо
руками. Что же ему взбрело в голову? Убить двух людей! Беккер
стоял с закрытыми глазами, погрузившись в воспоминания – он
чуть было не убил двух людей. Это было какое-то сумасшествие
– Майкл чувствовал себя морально истощенным и потерянным.
Он знал, что за убийство Папса и Милтона его бы в лучшем
случае отправили в тюрьму на пожизненное заключение, но
он все равно собирался воплотить свой замысел. Отец Петр не
одобрил бы подобное стремление к возмездию – он учил его
совсем другому: умению найти в себе силы, чтобы простить
врагов. Но что-то было определенно не так. Майкл думал обо
всем, что с ним произошло: об Ираке, взрыве, госпитализации,
предательствах, потере близких людей. Ему срочно требовался

отдых и серьезная медицинская помощь. От убийства Дэвиса и прощания с собственной жизнью его отделяли какие-то секунды. Ему следует лучше обдумывать свои действия. *Мне необходима помощь, это нереально, я схожу с ума.*

Когда он шел по улице, погруженный в собственные переживания, то внезапно понял, что до сих пор не знает истинной причины исчезновения Стефани. Майкл еще долгое время продолжал плестись пешком, пока ему это не надоело: он остановил такси и попросил водителя отвезти его в Северный Голливуд, где находился дом Милтона.

Он думал о том, как расскажет Кэрри о смерти ее парня. Интересно, как много ей известно о происходящих событиях и что именно ей стоит знать. Когда автомобиль остановился у дома Милтона, Майкл понял, что он опоздал: у подъезда стояли две полицейские машины – правоохранители, наверное, сейчас сообщают Кэрри трагическую новость.

Беккер поднялся на лифте на нужный этаж – на выходе он пересекся с одним из полицейских. Еще несколько стояло у двери Кэрри. Увидев Майкла, она подошла к нему и обняла так крепко, что казалось, растворится в нем, из ее глаз беспрестанно катились слезы.

– Мне очень жаль, Кэрри, – прошептал Майкл. – Я любил его как брата.

Перестав на мгновение всхлипывать, она тихо ответила:

– Он тебя тоже считал своим братом, Майкл. Ни он, ни Стефани никогда не хотели тебя обманывать. Просто Милтон хотел как лучше, ведь он думал, что ты уже никогда не вернешься из тюрьмы. И он не мог рассказать об этом Стефани, потому что знал, что ее сердце будет разбито на мелкие кусочки.

Майкл слегка отстранил от себя Кэрри и пристально посмотрел ей в глаза, пребывая в некотором замешательстве.

– Он не успел тебе рассказать, – сказала она. – Стефани находится сейчас в квартире этажом выше.

На ее лице появилась странная усмешка, которая бывает только у людей, охваченных горем. Кэрри сказала:

– Думаю, что Стефани держится из последних сил в надежде дождаться тебя – она смертельно больна.

Затем девушка протянула Майклу ключ и сказала:

– Иди к ней, ты ей сейчас очень нужен.

Не говоря больше ни слова, Майкл взял ключ и отправился искать квартиру этажом выше. Подойдя к двери, он начал колебаться, думая о том, сможет ли он пережить еще одну потерю. Сделав глубокий вздох, он повернул ключ в замке и открыл дверь.

Из глубины квартиры доносился слабый пикающий звук. В прихожей горела лишь одна лампочка и потому передняя двери была тускло освещена. Желая узнать, откуда исходит этот звук, Майкл прошел по коридору к открытой двери. Он тихо вошел в комнату, чтобы не разбудить престарелую женщину, которая спала в кресле-качалке. Но она моментально открыла глаза и уставилась на него. И тут Беккер понял, кто эта женщина: из кресла на него смотрела мать Милтона и Стефани. Она выглядела очень изможденной и обеспокоенной.

Майкл посмотрел на открытую дверь, ведущую в смежную комнату, из которой непрерывно доносился пикающий звук. Он увидел больничную кровать, на которой лежала Стефани – к ее руке была присоединена капельница, а сама девушка была бледной и неподвижной.

Молча Майкл подошел к двери и стал в проеме, не отрывая взгляда от своей девушки.

Внезапно он услышал, как за его спиной щелкнул взведенный курок.

Он поднял руки и сказал:

– Миссис Дюрант? Это я – Майкл.

– Медленно повернись, – приказала женщина.

Беккер повернулся настолько медленно, насколько этого требовала ситуация.

Он держал руки поднятыми, в то время как миссис Дюрант осматривала его с ног до головы. Наконец, она его узнала.

– Майкл? – удивленно спросила она. – Что ты здесь делаешь?

– Керри дала мне ключи. Что происходит? Что случилось со Стефани?

Миссис Дюрант начала рассказывать:

– У нее болезнь печени, и ей требовалась пересадка. Но когда ее страховка перестала покрывать расходы на лечение, Милтон решил перевезти ее сюда, чтобы я за ней ухаживала.

Майкл подошел поближе к кровати и взглянул на девушку, которая когда-то была такой энергичной и жизнерадостной, а сейчас ее опутывали капельницы, провода и кислородная маска.

Повернувшись к матери Стефани, он спросил:

– Как это произошло?

– У нее был диабет.

– Я и не подозревал об этом, – сказал Майкл, пытаясь вспомнить, замечал ли он какие-либо симптомы болезни у Стефани. – Как давно она находится в таком состоянии?

– Почти год. Сейчас она почти во главе списка на трансплантацию: в прошлый понедельник мы были третьими, и скоро нам должны позвонить.

Майкл взял Стефани за руку. Она открыла глаза, и они тут же зажглись от радости.

– Я оставлю вас наедине и пойду приготовлю что-нибудь перекусить, – сказала миссис Дюрант, выходя из комнаты. – Мы неимоверно соскучились по тебе, в особенности Стеф. Как же часто она тебя вспоминала...

– Я ведь думал, что она бросила меня и переехала жить в другое место. Именно это она написала в письме, которое мне передал Милтон.

– Она не хотела, чтобы ты видел ее в таком состоянии – при смерти – ей хотелось, чтобы ты запомнил ее счастливой. Стефани знала, что если попытается объяснить ваше расставание каким-либо иным образом, то ты не отступишься, – сказала миссис Дюрант и вышла из комнаты.

Майкл обернулся к своей любимой девушке.

– Не знаю, что я с тобой сделаю, моя дорогая. Как же так! Стоило мне ненадолго отлучиться, у тебя отказала печень.

Она сделала попытку улыбнуться, но было видно, что резкие движения доставляют ей боль.

– Как у тебя дела? Я целый год от тебя не получала весточки и решила, что ты встретил другую девушку и живешь себе счастливо, – пробормотала Стефани через кислородную маску.

– Не говори глупостей, у меня есть только одна девушка – ты. Всегда была и всегда будешь. Но разве Милтон не рассказывал тебе о том, где меня носило?

Она слегка покачала головой. Майкл приставил стул поближе к кровати и сел.

– В Ираке у меня возникли неприятности: ничего страшного, не стоит об этом беспокоиться, в особенности сейчас. Мне пришлось недолго побыть в тюрьме, у меня не было возможности с тобой связаться.

– За что тебя посадили? – спросила Стефани, широко раскрыв глаза от удивления.

– Я находился возле одного ресторана, когда он взорвался – ничего особенного.

Майкл не знал, как сообщить Стефани о том, что ответственность за то, что он год сидел в иракской тюрьме частично лежит на Милтоне. Но он знал, что лучше всего будет рассказать правду.

Стефани пыталась что-то сказать, но Майкл ее не слышал.

– Это было какое-то безумие, Стеф. Но сейчас уже нет причин волноваться. Я здесь, и теперь все будет хорошо.

У Стефани был уставший вид, и Майкл не хотел ее расстраивать. Он не был уверен, стоит ли ей рассказывать о Милтоне.

Стефани лежала неподвижно – Майкл смотрел на нее, и его охватывала беспомощность. Она пыталась что-то сказать, но не могла – было видно, что ее покинули силы. Внезапно она открыла глаза и спросила:

– Мне мама сказала, что в квартире Милтона сейчас полицейские, а ты здесь... – она сделала паузу, но затем продолжила. – Я хочу знать, где мой брат и почему он так долго держал от меня все втайне, особенно о том, что с тобой происходило?

– Милтон и наш босс... – начал было говорить Майкл, все еще не решив, стоит ли ему выплескивать столько грязи и боли на ранимую душу Стефани. – Видишь ли, Стеф. Милтон... У Милтона не было выбора...

Он собирался было продолжить, но Стефани его перебила.

– У каждого из нас есть выбор... до тех пор... пока его уже нет.

– Думаю, что ты права. Что же касается Милтона, то им манипулировала преступная группировка из коррумпированных работников ЦРУ, во главе которой стоял его начальник. Я должен был погибнуть в западне, которую они организовали для меня в Ираке. Но мне повезло, и я выжил. Затем они инсценировали убийство, в котором обвинили меня и убедили, что единственный выход – отправиться на Украину и взорвать местную клинику. Ты можешь в это поверить? Начальник Милтона управлял бизнесом по продаже органов, а Милтон об этом даже не подозревал. Видишь ли, Стеф, на войне всегда творится неразбериха, которая преподносит множество возможностей и ресурсов для негодяев...

– Ох, Майки... Майки... Милтон пошел на это... ради меня, – Стефани горестно всхлипнула, и в глазах у нее заблестели слезы. – Мне была нужна новая печень, а донорский список такой длинный... Я еще дышу, хотя уже давно должна была умереть. Наверное, ждала нашей последней встречи.

– Послушай, Стефани. Милтон – хороший человек, знай это. Он попал в очень затруднительное положение и не смог выпутаться. У него не было времени, чтобы все исправить. Но я сделаю это вместо него, ради тебя и себя. Можешь больше ни о чем не беспокоиться: я рядом. Слишком долго мне пришлось скитаться по миру, вдали от тебя, – Майкл умолк и затем добавил. – Но теперь мы вместе, и все наладится.

– Ты сейчас в бегах?

– Нет, – он отрицательно покачал головой и снова взял Стефани за руку. – С меня сняли все обвинения, а виновных арестовали.

– Почему же тогда приехала полиция – что-то случилось с Милтоном? Его арестовали за то, что он сделал ради моего спасения?

Расспросы отнимали у Стефани все силы: на ее лице отражалась боль и отвращение к самой себе. Она была не в состоянии говорить дальше. В ее организм беспрестанно поступал морфий, через интервалы времени, но ее переживания доставляли ей другой вид боли – душевной. Майкл боялся об этом говорить. Он вздохнул, сомнения разрывали его ум и душу. Но он решил, что выбора у него нет.

– Нет. Милтон мертв, – сухо ответил он.

– Как? – голос Стефани стал решительным. Она взглянула Майклу в глаза.

– Я не хочу...

– Я хочу знать, – сказала она вызывающе. – Его убили?

– Стеф, я толком ничего не знаю. Мне об этом рассказали в последнюю очередь... ты ведь знаешь.

– Это ты его убил? – повторила она.

Как раз в этот момент в комнату вошла мать Стефани, она принесла Майклу поесть, но, глядя на лицо дочери, она поняла, что ей лучше сейчас присесть.

Майкл посмотрел на Стеф и ее маму, а затем сообщил им, что их брат и сын погиб как герой при попытке устранить очень опасного преступника, который работал в ЦРУ. В конце он сказал, что Милтон был хорошим солдатом.

———————— ◆ ————————

– Я должна была его поддержать, но не смогла. Все это он сделал ради меня, – она обвела комнату взглядом. – Это дорогое оборудование, лекарства – откуда бы оно взялось, когда меня лишили страховки. Он делал все, что было в его силах. Мне следовало покончить с собой уже давным-давно.

– Не смей говорить так говорить! Ты слышишь? Это не твоя вина! – Майкл обнял ее и аккуратно поцеловал в щеку, чтобы не сбить кислородную маску.

Он уже не мог сдерживать охватившее его горе и разрыдался.

– Не говори так, я люблю тебя. Не покидай меня.

Внезапно Стефани закрыла глаза, как будто погрузившись в сон. Майкл занервничал, но медленно положил ее на подушку и стал проверять пульс. Почувствовав, что ее сердце бьется, он успокоился. Задумавшись на минуту, постоял, потупив взгляд, вспоминая последние мгновения, проведенные с Еленой перед ее смертью. Ему стало невероятно больно.

Беккер снял со своей шеи цепочку, положил ее на грудь Стефани и произнес шепотом:

– Нам нужно лишь верить и надеяться на то, что очень скоро подойдет твоя очередь на трансплантацию. – Немного отстранившись, Майкл пробормотал – Мы не можем лишать жизни других людей ради того, чтобы продлевать собственные.

Майкл наклонился над Стефани, снял кислородную маску и поцеловал ее в губы. Затем он надел маску обратно и сел на стул.

———— ◆ ————

Беккер решил, что проведет эту ночь у кровати любимой девушки. Он еще долго сидел, всматриваясь в лицо Стефани, но затем уснул, продолжая держать ее за руку. Его разбудила вибрация, исходившая от мобильного телефона. Майкл сел, вынул из кармана телефон и ответил на звонок.

– Алло! – сказал он сонным голосом.

Звонил агент Давидсон.

– Майкл, это Крис. Как у тебя дела?

– Все в порядке. Вы уже поймали всех соучастников? – спросил Майкл, заставляя свой мозг снова запуститься.

– Не волнуйся. Все под контролем. Я звоню, чтобы спросить, есть ли рядом с тобой телевизор?

Майкл оглянулся – в углу комнаты стоял небольшой телевизор.

Стефани открыла глаза – ее разбудил голос Майкла. Она удивленно оглянулась.

– Что происходит? Разве я уснула?

Майкл взглянул на нее и утвердительно кивнул. Вернувшись к разговору с Крисом, он сказал:

– Есть.

– Хорошо, – ответил тот. – Тогда включи девятый канал. Через несколько минут там они будут повторять выпуск новостей, тебе стоит его посмотреть.

– Почему? – спросил Майкл, недоумевая, что могло бы его заинтересовать в данный момент.

– Просто включи новости. Поговорим позже, – ответил Крис и резко окончил звонок. Майкл положил мобильный телефон обратно в карман и поднялся со стула.

Положив руку Стефани на кровать, он подошел к телевизору, подключил его к розетке и сел обратно на стул. Взяв с ночного столика пульт, он включил девятый канал. На экране замелькали рекламные ролики и Майкл решил поговорить со Стефани.

– Что там интересного? – спросила она, пытаясь улыбнуться.

Увидев, что на ее груди лежит цепочка с крестиком, Стефани спросила:

– А это что такое?

– Эту цепочку мне подарил хороший друг. Это символ веры, силы и любви. Я хочу, чтобы она была с тобой.

Стефани все еще пыталась улыбнуться, но не смогла даже вымолвить и слова – в ее глазах снова появились слезы.

Внезапно тишину, которая окутала комнату, прервал голос диктора.

– А теперь перейдем к международным новостям. Сегодня украинский парламент и государственная администрация Донецкой и Луганской областей объявили о заключении договора о бессрочном *прекращении огня*. В договоре указано, что вооруженные формирования ополченцев будут распущены, их оружие будет передано украинской стороне. В свою очередь, Донецкая и Луганские области будут представлены в украинском парламенте в качестве автономного региона Украины. 150 миллионов долларов будет выделено из украинского бюджета на восстановление областей после боевых действий. Россия и США будут контролировать этот процесс в качестве независимых наблюдателей.

Майкл взглянул на Стефани. Она лежала с закрытыми глазами, и он повернулся обратно к телевизору.

– Мы видим колонны возвращающихся домой людей. Сегодня представители России и США объявили, что окажут финансовую помощь в восстановлении региона, – продолжал бесстрастный голос диктора.

Беккер опустошенно смотрел на экран, слезы начали катиться по его щекам, ему казалось, что телевизор стал огромным экраном во всю боковую стенку комнаты, где показывали тела людей, лежащие возле церкви в Лесовом, и среди них было тело дяди Василия. Над убитыми склонился в молитве отец Петр.

Стефани открыла глаза и посмотрела на экран.

– Что они празднуют?... Что это?

У Майкла от ужаса побледнело лицо.

– Ты что не видишь – они все мертвы, Стеф.

– О чем ты говоришь, они радуются!

Майкл не воспринимал ее слов, он все еще продолжал смотреть на экран телевизора с широко открытыми глазами в полной прострации.

– Они все мертвы по моей вине, – пробормотал он, удрученно качая головой.

– Они счастливы, посмотри, – настаивала Стефани, пытаясь поднять руку, чтобы указать пальцем на экран, но не могла этого сделать.

– Я тоже хотела бы быть счастливой, как они, Майкл, – сказала она, изо всех сил сжимая пальцы.

Майкл повернулся к ней и внезапно вышел из ступора. Стефани подняла на него свой взгляд.

– Принеси мне воды, Майки, – тихо попросила она.

Он взял пустой кувшин для воды и вышел из комнаты. Тем временем Стефани взяла в руки цепочку, которую Майкл положил ей на грудь.

На кухне к Майклу подошла миссис Дюрант.

– Как она себя чувствует? –– спросила женщина.

Майкл взглянул на нее.

– Проснулась и попросила воды.

– Извини, я должна была принести воды перед тем как идти отдыхать. В холодильнике стоит полный кувшин. Она любит холодную воду, но врач настаивал давать ей кусочки льда вместо воды, – сказала она, вынимая емкость с водой из холодильника.

Когда Майкл направился обратно в комнату Стефани, то миссис Дюрант последовала за ним – она хотела поцеловать свою дочь.

– А вот и вода из холодильника, – сказал он, наполняя стакан, стоящий на ночном столике.

Стефани лежала с закрытыми глазами – ее голова неестественно свисала с подушки.

– Стеф! – почти закричал Майкл, но она не отзывалась.

Он бросил взгляд на миссис Дюрант – та стояла как парализованная. Беккер поставил стакан и аккуратно попытался разбудить Стефани. Когда ему это не удалось, он попробовал пульс – ее сердце не билось.

Майкл взглянул на ее руку: Стефани прижимала к груди цепочку, которую ему подарила Елена.

– Покойся с Богом, милая. Мне будет тебя не хватать, – сказал он, опускаясь на колени перед кроватью.

Услышав слова Майкла, миссис Дюрант подбежала к кровати, схватила Стефани за руку и начала рыдать.

Через минуту Майкл снова посмотрел на экран телевизора – выпуск новостей к тому времени уже закончился. Он взглянул на женщину, стоявшую рядом с ним на коленях.

– Соболезную, миссис Дюрант. Я даже не знаю, как могу вас утешить, – сказал он и погладил ее по спине. – Я позвоню в 911, чтобы они позаботились о нашей Стефани. Как бы мне хотелось подольше побыть с ней. Она была любовью всей моей жизни.

Мать Стефани взглянула на него, продолжая тихо плакать.

– Майкл, останься со мной сегодня. Я не смогу быть одна, зная, что моих детей уже нет на этом свете, что они больше никогда не войдут в эту дверь...

Майкл кивнул, достал свой мобильный телефон и вышел из комнаты, в которой осталась плачущая мать. Зайдя на кухню, он позвонил в службу экстренной помощи, пытаясь при этом говорить как можно спокойнее и сдерживаться, чтобы не разрыдаться самому. Положив трубку, Майкл выглянул в окно: солнечный свет начинал оживлять все вокруг. Внезапно он ощутил на своем теле дуновение теплого ветра из отрытого окна, как будто Стефани хотела в последний раз сказать ему: «Я тебя люблю».

Только сейчас Беккер в полной мере осознал, как он повзрослел за последние несколько недель. Он ощутил, насколько тонкая линия между тьмой и светом, между добром и злом. Глубоко вздохнув, он подумал: *«Нужно жить дальше, хотя я не имею сейчас ни малейшего представления, как это возможно».* Майкл вернулся в комнату Стефани, опустился на колени рядом с миссис Дюрант и тихо молился за девушку, которую он любил всем сердцем, душой и телом.

КОНЕЦ

Выражение признательности

Я хотел бы поблагодарить моих друзей, клиентов и всех других, которые работали со мной, чтобы сделать эту книгу. Это поистине международный проект. Я получил знания, понимание, советы и поддержку от людей из Армении, Ирана, России, Сирии, Соединенных Штатов Америки и Украины. Особая благодарность Ари из Канады, которая поддерживала меня своими литературными знаниями. Большая благодарность отставному военному Митчу Карлсону за его писательскую и консультативную поддержку. Огромное спасибо Джастину Густаинису за его выдающееся редактирование английской версии. Большое спасибо Гоаре, которая убедила меня в использовании концепции веры в утверждении полноценности главного вывода книги. Особая благодарность Эстер, которая помогала мне в понимании Библии. Спасибо Али, который помог мне в понимании событий на Ближнем Востоке.

Суперспасибо команде по литературному переводу на русский язык, в том числе украинскому переводчику Александру Павленко, Александру Коротковой и американскому редактору Борису Купершмидту!!!

Искреннее спасибо всем вам!

www.ingramcontent.com/pod-product-compliance
Lightning Source LLC
Chambersburg PA
CBHW061522020726
47502CB00006B/2185